CONTES

ET

RÉCITS

PAR

E. MESTÉPÈS

LE CHEVALIER, ÉDITEUR
RUE RICHELIEU
64
PARIS

—

1874

CONTES ET RÉCITS

27710

PARIS. — TYPOGRAPHIE DE J. BEST
Rue des Missions , 15.

CONTES

ET

RÉCITS

PAR

E. MESTÉPÈS

LE CHEVALIER, ÉDITEUR
RUE RICHELIEU
61
PARIS

—

1874

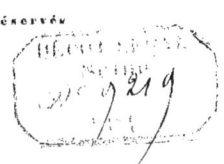

Cher maître et ami,

Ce petit livre doit le peu qu'il vaut à vos excellents conseils. En vous le dédiant, je ne fais que payer du mieux que je puis une dette de reconnaissance presque aussi vieille que moi.

E. MESTÉPÈS.

SOUSCRIPTEURS

AUX

CONTES ET RÉCITS

~~~~~~~~~~

MM.

LANNEAU (Adolphe de), ancien directeur de Sainte-Barbe, directeur honoraire.

DUBIEF (Louis), directeur de Sainte-Barbe.

GUÉRARD, directeur de Sainte-Barbe des Champs.

~~~~~~~~~~~~~~~~

MM^{mes}

ALBERT SIMON.

BEDEAU (Pauline).

BRU.

CAILLER DE SAINT-APPOLIN (Baronne).

CHODZKO (Comtesse).

COUDER (V^e).

COULON (Alfred).

DUVIGNAU DE LANNEAU (Marie).

FLOQUET (V^e).

HERVEY-SAINT-DENYS (Marquise d').

JEANNINEL.

LAVIGERIE (De).

LOCKROY.

LOUSTAU.

MEYENDORFF (Baronne de).

MEYER (V^e).

NORMAND (Virginie).

NOUBEL.

POILLY (Baronne de).

POTIER (V° Ch.)

PORCHER (V^e).

PORCHER (Marie).

PRIVAT (V^e).

RAYMOND.

ROTHSCHILD (Baronne v^e Salomon-James de).

SCRIBE (V^e).

VERDIER (Marie).

VICTORIA LAFONTAINE.

MM.

ADENIS (Jules), auteur dramatique.

AMBROISE THOMAS, compositeur de musique, membre de l'Institut.

AMIEL, chef d'Institution.

AUBÉ.

AUGIER (Émile), de l'Institut (Académie française), auteur dramatique.

BARBEROT, ingénieur civil.

BARBIER (Jules), auteur dramatique.

BARRÉ (Eugène), chef de bureau (Administration de l'isthme de Suez).

BARRIÈRE (Théodore), auteur dramatique.

BAUD (Eugène).

BAUDUY (Eugène de).

BEAUMONT, directeur de l'Institution Jauffret.

BEAUSANG.

BECQUE (Henri), auteur dramatique.

BEDEAU (Hippolyte), auteur dramatique.

BELOT (Adolphe), auteur dramatique.

BERTHELIER, artiste dramatique.

BERTIN.

BERTIN (Georges), banquier.

BESANÇON.

BIOLLAY (Paul-Émile), conseiller référendaire à la Cour des comptes.

BIOLLAY (Léon).

BIRABEN.

BON, licencié ès lettres, sous-directeur des études (Institution Duvignau).

BONNAT, peintre.

BORN (Paul), propriétaire.

BOUGNOL.

BOUILLET.

BOULOGNE (Charles), peintre.

BOYÉ, capitaine de cuirassiers.

BRAME (H.), marchand de tableaux.

BRUGÈRE (Dʳ).

CADOL (Édouard), auteur dramatique.

CARRAUD.

CARRIER-BELLEUSE, statuaire.

CASTELNAU, député à l'Assemblée nationale.

CAUBET.

CAVELIER (P.-J.), statuaire, membre de l'Institut.

CHAMPOLLION (Eugène), élève de l'École des beaux-arts.
CHAS, négociant.
CHÉRET (Louis), peintre.
CHEVRIER.
CIVRAN, négociant (Odessa).
CORMON (Eugène), auteur dramatique.
COROT, peintre.
COSTÉ (Jules), compositeur de musique.
COULON (Alfred), greffier en chef à la Cour de cassation.
COUSIN (D^r).
CREUZY, employé de commerce.

DEBLADIS, avocat.
DEBLADIS, avoué.
DEBRESSENNE, caissier à la Banque de France.
DELACOUR, auteur dramatique.
DELAUNAY, sociétaire du Théâtre-Français, vice-président du Comité des artistes dramatiques.
DELIBES (Leo), compositeur de musique.
DEFFÈS (Louis), compositeur de musique.
DEFFÈS (Auguste), commerçant.
DELAPORTE (Louis), lieutenant de vaisseau.
DELAPORTE (D^r).
DEMOLLIENS (Ernest), greffier de la justice de paix du 4e arrondissement.
DESCAMPS-CRESPEL, industriel (Lille).
DESCAMPS (René), étudiant.
DESCAMPS (Jules), étudiant.
DESCAMPS (Georges), brigadier au 4e dragons.
DESLANDES (Raimond), auteur dramatique.
DIDIER (Alexis).
DINDEAU, peintre.

DOLÉANT.

DOMMANGÉ.

DOUCET (Camille), de l'Institut (Académie française), auteur dramatique.

DUGARD (Émile).

DUMAINE (Louis), artiste dramatique.

DUMAS (Alexandre), de l'Institut (Académie française), auteur dramatique.

DUPERTUIS.

DUTARTRE.

DUVIGNAU (Victor), ancien élève de l'École polytechnique, chef d'Institution.

ENNERY (Adolphe d'), auteur dramatique.

ENAULT (Étienne), homme de lettres.

ESCHAVANNES (Comte d'), conservateur au Louvre.

ESTUR.

FAYOLLE (Henri).

FÉVAL (Paul), auteur dramatique.

FERNIQUE, chef des travaux graphiques à l'École centrale.

FISCHER, directeur de l'Ambigu.

FLECK aîné, négociant.

FLECK (Charles), négociant.

FLECK (Alphonse), négociant.

FLORY.

FOUQUE (Octave), compositeur de musique.

FOURNIER (Narcisse), auteur dramatique.

FOUSSIER (Édouard), auteur dramatique.

FRÉMARD aîné, avocat.

FRÉMARD jeune, avocat.

FROMENTIN, peintre.

GARDEUR-LEBRUN (Antoine), inspecteur honoraire des Écoles d'arts et métiers.

GARRAUD (Eugène), artiste du Théâtre-Français, membre du Comité de l'association.

GIRONDE (de), peintre.

GISQUET, capitaine de vaisseau.

GONDINET (Edmond), auteur dramatique.

GOUDCHAUX (Charles), banquier.

GOUGET (Eugène), artiste dramatique, membre du Comité de l'association.

GOUJON (D^r).

GRANGÉ (Eugène), auteur dramatique.

GRAVELIN, négociant.

GRENIER (Eugène), artiste dramatique, membre du Comité de l'association.

GUIROT, chef d'Institution.

HALANZIER, directeur de l'Opéra.

HARMANT.

HALÉVY (Ludovic), auteur dramatique.

HÉBERT, chef de bureau (Administration de l'isthme de Suez).

HENRY, négociant.

HERVEY-SAINT-DENYS (Marquis d').

HOFFER, négociant.

HUBANS (Charles), compositeur de musique.

HUBERT (D^r).

HUSQUIN DE RHÉVILLE, secrétaire de la Société des ingénieurs civils.

ISNARD DE SAINTE-LORETTE, lieutenant-colonel au 19e régiment de ligne.

JAURE-MILLER (D' John).

KERVANI (Victor), auteur dramatique.

LABBÉ (D').
LABICHE, auteur dramatique.
LACARRIÈRE (Amédée), avocat.
LACARRIÈRE (Alfred), avocat
LAFONTAINE, ex-sociétaire du Théâtre-Français.
LANGLOIS, notaire.
LANNEAU (Ferdinand de), capitaine de vaisseau.
LANNEAU (Henri de), étudiant en droit.
LAROCHELLE, directeur de la Porte-Saint-Martin.
LATOUCHE, artiste dramatique, membre du Comité de l'association.
LAUMONIER.
LAVIGERIE (de), général de division.
LAVOIX (Henri), conservateur sous-directeur adjoint (Bibliothèque nationale).
LE CALVÉ (D').
LECOCQ, compositeur de musique.
LEGRAND (Paul), artiste dramatique, membre du Comité de l'association.
LEGOUVÉ (Ernest), de l'Institut (Académie française), auteur dramatique.
LEGROS-DELACROIX.
LELONG, chef des travaux chimiques à l'École centrale.
LEMAIRE, ingénieur des ponts et chaussées.
LEMERLE, charpentier négociant.
LÉVY BING, banquier.
LISSONDE (D').
LOCKROY, auteur dramatique.
LOCKROY (Édouard), député à l'Assemblée nationale.

LOMBARD, chef de bataillon (138e de ligne).

LOUSTAU, ingénieur civil, agent administratif du matériel au chemin de fer du Nord.

MAILLARD (Georges), homme de lettres.

MANUEL (Eugène), auteur dramatique.

MANUEL (Paul), auteur dramatique.

MAQUET (Auguste), président de la Société des auteurs et compositeurs dramatiques.

MARCHÉ (Ernest), ingénieur civil.

MARÉCHAL.

MARÉCHAL (Henri), compositeur de musique.

MARIA, négociant.

MARIA (Jules).

MARTIN, industriel (Saint-Denis).

MARTY (Gabriel), vice-président du Comité de l'association des artistes dramatiques.

MAUNIER, pharmacien.

MEILHAC (Henri), auteur dramatique.

MEISSONIER, peintre.

MENORVAL (de), chef d'Institution.

MEYAN (Paul), auteur dramatique.

MEYER (Xavier).

MIDOUX, fabricant.

MONTÉPIN (Xavier de), auteur dramatique.

MONTIGNY, directeur du théâtre du Gymnase.

MOREAU (Eugène), secrétaire rapporteur du Comité de l'association des artistes dramatiques.

MORISSON.

MOUNET SULLY, sociétaire du Théâtre-Français.

MOUTARD, ingénieur des mines, examinateur d'admission à l'École polytechnique.

NAJAC (Comte Émile de), auteur dramatique.

NEUKOMM (Edmond), homme de lettres.

NORMAND (Achille), membre de la délégation cantonale.

OFFENBACH (Jacques), compositeur de musique.

OUDART, commissaire-priseur.

PEIGNIET, architecte.

PERAGALLO, agent de la Société des auteurs et compositeurs dramatiques.

PERRACHE.

PICOT (Ernest), sous-chef de bureau à la préfecture de police.

PORTO-RICHE.

POZZI (Dr).

PUJALET, professeur.

RAYMOND (Dr).

RAPPE, négociant.

RICHARD.

RICQUIER.

RITT, directeur de la Porte-Saint-Martin.

RIVAIL (Henri).

ROLL (Alfred), peintre.

ROLLOT, agent général de la Société des auteurs, compositeurs et éditeurs de musique.

ROSTAING, auteur dramatique.

ROTA (Dr).

ROUEN.

ROUSSEAU, chef d'Institution.

ROYBET, peintre.

ROYER (Ernest), négociant.

ROZIER, fabricant.

SALELLES (Comte de).

SARDOU (Victorien), auteur dramatique.

SARRASIN, sous-directeur des études à l'École centrale.

SOLIGNAC, directeur à l'École centrale.

SORBET (Paul-Émile), notaire.

STEVENS, peintre.

SURVILLE, vice-président du Comité de l'association des artistes dramatiques.

TAILLADE, artiste dramatique.

TAMISEY DE LARROQUE.

TAYLOR (Baron), membre de l'Institut, président du Comité de l'association des artistes dramatiques.

THÉVENET (Dr).

THUILLIER, trésorier de l'association des artistes dramatiques.

TOLLIN, agent de change.

VASSEUR (Léon), compositeur de musique.

VILODON (Comte de).

VIZENTINI, compositeur de musique.

VRIGNONNEAU.

WITTE (A.-F. de), instituteur.

CONTES ET RÉCITS

A mes jeunes lecteurs

Chers disciples, grands et petits,
   Du lycée et de l'école,
Puisse l'écho de mon humble parole
N'éveiller dans vos cœurs que des échos amis!
Si je détonne un peu sur la gamme frivole,
   Que l'aube murmure à vos nids,

1

C'est que l'heure présente invite aux fortes veilles;
C'est que la Ruche-France, en ces temps douloureux,
A perdu le plus pur de son miel généreux,
    Et que vous êtes ses abeilles.

Simple Conseil

A MON AMI VICTOR DUVIGNAU

Le filet d'eau
Devient ruisseau,
Rivière, fleuve, mer, océan, puis, s'écoule,
Flot perdu, dans les flots de cette immense houle,
Qui lui sert de tombeau.

De même, à chaque pas de la route suivie,

L'enfant voit s'élargir l'horizon de sa vie.

    L'étude a déjà remplacé
Le futile hochet, pour elle délaissé :
    « Adieu, seigneur Polichinelle !
    » Adieu, jolis soldats de plomb !
» Nous n'étions, vous et moi, pas toujours bien d'aplomb :
    » Quel brave parfois ne chancelle ?
    » Il est temps de marcher plus droit. »

    L'enfant grandit, sa raison croît.
Sur lui, le bon Perrault abdique son empire ;
Il rit de Barbe-Bleue et de l'Ogre-Vampire.
A Sparte, les poltrons étaient montrés du doigt !
    Tel récit, fameux dans l'histoire,
En élevant son cœur, enrichit sa mémoire :
    Chérubin hausse le ton.
    Que n'était-il aux Thermopyles,
    A Salamine, à Marathon !
Comme Alexandre, il aurait pris des villes ;
Comme César, dompté les tempêtes civiles :
    Peut-être eût-il fini comme Caton !

Les exploits des héros engendrant les poëtes,

Il a, pour s'amuser, commis quelques bluettes;
    Mais il ne s'en tiendra pas là.
Les farouches clairons font taire les musettes;
    Après Mélibée, Attila!
Sa fureur de rimer, des copains applaudie,
Couve en secret le plan de mainte tragédie.
Deux premiers accessits, dont un de vers latins,
De succès plus flatteurs sont les gages certains.
Attendez qu'il ait fait un peu sa rhétorique,
Et vous verrez jaillir de son vaste cerveau
Des chefs-d'œuvre coulés dans un moule nouveau;
    N'en déplaise à monsieur Boileau,
    Cette perruque académique.
Mandrin : le beau sujet pour un poëme épique!
Dans ce genre, la France, assez riche d'ailleurs,
Ne compte jusqu'ici que de plats rimailleurs;
Elle a Corneille, elle a Racine, elle a Molière...
Elle aura son Virgile, elle aura son Homère!

Laissons-le caresser son rêve triomphant;
Il finira trop tôt! — Revenons à l'enfant.
Qu'ai-je dit, malheureux! Est-ce ainsi que l'on nomme
Ce gentil cavalier, si lestement vêtu?

Cher uniforme, où donc es-tu?

Toutes mes excuses, jeune homme!

Devant votre grandeur, je demeure interdit...

Je vous ai connu si petit!

Vous n'aviez pas alors cette fière moustache,

Dont les trois poils follets vont poignarder les cieux;

Vous mangiez votre pain, au tranchant d'un eustache...

Pour un rien, vous baissiez les yeux.

Au bras de votre sœur, bien plus timide qu'elle,

L'on vous disait souvent : « Bonjour, Mademoiselle! »

Et, loin de vous fâcher, vous étiez très-content.

(Mille pardons, apprenti capitan!)

Ce que c'est que d'avoir de belles tresses blondes!

Le niveau du coiffeur a passé sur leurs ondes;

Il faut être à la mode, ou ne s'en point mêler.

Votre mère a gardé ces trésors d'un autre âge,

Qui l'aident à se consoler,

Alors que vous n'êtes pas sage.

Le jeune homme prend son essor;

Le voilà maître de son sort.

Emporté par l'élan de sa fougue première,

Ira-t-il à l'abîme, ou bien à la lumière?

Quelle coupe va-t-il choisir?

Celle du travail? du plaisir?...

Ici, que de douceur! et là, que d'amertume!

« Mon voisin, se dit-il, nuit et jour se consume

» Dans un labeur ingrat et vit tant bien que mal :

» Pauvre fou, qui s'escrime à gagner l'hôpital,

    » A la pointe de sa plume!

» Prose ou vers, c'est tout un; le métier est malsain :

    » Mon génie a d'autres visées.

» Serai-je avocat? Non, ils pleuvent. Médecin?...

    » Pouah! Le mot seul me donne des nausées.

» Dans tout noble salon, les savants sont classés

» Parmi les animaux contemporains de Pline...

» Magistrat? Le parquet ne danse pas assez...

» Je me ferais hussard, n'était la discipline.

    » Mon héritage me permet

    » De vivre à ma guise, sans gêne;

» Après avoir plané de sommet en sommet,

» Il sera toujours temps de reprendre ma chaîne. »

Le temps vole, jeune homme, et les moments perdus

S'en vont, comme ton or, pour ne revenir plus!

    La goutte d'eau, dans l'Océan noyée,

Est l'image de ton destin ;
Crois-moi, mets à profit ton radieux matin.
  Si ta jeunesse fourvoyée
Déserte le sentier tracé par le devoir ;
  Si, chaque jour, ton modeste savoir
Ne choisit pas le bien pour guide et pour mobile ;
  Si, par de vains plaisirs bercé,
Tu sèmes au hasard ta fortune stérile,
De la grande famille, où Dieu t'avait placé,
  Tu n'es plus qu'un membre inutile.

Le vieux Pommier

A MONSIEUR GUÉRARD

———————

Je visitais, un jour, le jardin d'un brave homme,
Et je fus tout surpris d'y voir un vieux pommier
Qui, depuis bien longtemps, ne portait plus de pomme ;
    Cela me parut singulier.
« Cet arbre-ci, lui dis-je, est pour vous une injure ;
    » M'est avis que, dans le foyer,

» Il ferait meilleure figure. »

Mais lui, comme en courroux : « Moi, l'abattre? Jamais!

» Ce n'est plus qu'un débris, et sa chute est prochaine;

» Mais je l'aime, Monsieur, autant que je l'aimais,

» Quand il avait des fleurs et des fruits, par centaine!

> » Mon digne père le planta,
>
> » Le jour même de ma naissance;
>
> » Quatre-vingts ans il m'abrita :
>
> » C'est une vieille connaissance,
>
> » Un frère de lait, qui vivra
>
> » Aussi longtemps que moi, j'espère.
>
> » Sous ses branches, ma sainte mère
>
> » M'a bien souvent admonesté,
>
> » Fouetté,
>
> » Pour me former le caractère...
>
> » Dieu sait si j'en ai profité!

» J'avais, dans cet enclos, un lit de roses blanches,

> » De coquelicots, de pervenches;
>
> » En vérité, le fils d'un roi
>
> » N'était pas mieux couché que moi.
>
> » Seules ici-bas, les fleurettes,

» Parmi tant de rivaux, ne font point de jaloux :

» Les riches, comme les pauvrettes,

» Ont le même parfum pour tous.

» J'en sais qui naissent sous la neige,

» A la barbe des autans,

» Pour nous annoncer le printemps...

» C'est là leur divin privilége.

» Lorsque je fus devenu grand,

» Que l'heure sonna de m'instruire,

» Au pied du pommier, sur ce banc,

» Le magister m'apprit à lire;

» Et, chaque fois que j'épelais

» Correctement, en conscience,

» De ma propre main, je cueillais

» Une pomme pour récompense.

» Jugez si je fis des progrès!

» Comme à belles dents je mordais

» A l'aigre fruit de la science!

» Mes enfants, eux aussi, tout bambins, ont sauté

» Autour de ce tronc vénérable :

» Les enfants sont partis, et moi je suis resté...

» La mort est bien inexorable!

» Tenez, Monsieur, vous souvient-il

» De cette bourrasque soudaine,

» Qui s'en vint, en plein mois d'avril,

» Désoler notre pauvre plaine?

» Pas un arbre de mon jardin

» Qui n'ait eu sa rude secousse;

» Tous! tous! jusqu'à ce pêcher nain,

» Bien blotti pourtant dans la mousse...

» Je le croyais mort, ce matin;

» Mais c'est si jeune!... Ça repousse.

» Eh bien, Monsieur, seul, mon pommier

» A tenu bon, malgré son âge;

» Rien n'a pu le faire plier.

» Le voilà debout, tout entier,

» Tel qu'il était avant l'orage.

» Comme un vieux camarade, échappé du naufrage,

» Je l'embrassai, de joie et de crainte éperdu...

» Pardonnez-moi cet excès de faiblesse;

» Dans le désert de ma vieillesse,

» Il me console un peu de ce que j'ai perdu!

» Je n'ai jamais permis, pas même à ma dernière,

» Un charmant petit démon

» En jupon,

» Moins une fille qu'un garçon,

» Plus souvent en l'air que sur terre...

» Non, non, jamais je n'ai permis

» Que l'on touchât aux jolis nids,

» Que faisaient les pinsons sur ses rameaux bénis,

» A chaque saison printanière.

» C'était leur toit, leur demeure, leur bien,

» Et les pinsons le savaient bien!

» Depuis qu'il ne produit plus rien,

» Ni fruits ni feuilles, dès l'aurore,

» L'oiseau n'y couve plus, mais il y chante encore.

» Écoutez-moi ce coquin-là.

» Vous a-t-il un gosier! D'amour-propre il se pique,

» Comme un vrai ténor d'opéra.

» Veux-tu te taire? Chut! Holà!

» Qui te dit que monsieur aime cette musique?

» Pour en finir avec mon vieux pommier,

» — Tôt ou tard il faut qu'on trépasse,

» Et je m'en irai le premier, —

» Si je croyais, Monsieur, que l'on me fît la grâce

» De me coucher à cette place,

» Où s'ouvrirent presque mes yeux,
» Sur mon honneur! j'en serais très-heureux :
» Il me semble qu'ici je reposerais mieux. »

L'été suivant, de retour au village,
J'allais chez le vieillard, pour lui serrer la main :
    Un enfant m'apprit en chemin
Qu'il s'était endormi pour toujours... sous l'ombrage
De son cher vieux pommier, qui, lui-même, soudain,
    Était tombé le lendemain ;
    Et je me plus à croire,
— C'est la moralité de cette simple histoire, —
Que Dieu voulut ainsi réunir dans la mort
Deux amis qui, vivants, furent si bien d'accord!

Le Roi et le Lépreux

A MADAME LA COMTESSE CHODZKO

~~~~~~~~~~~~

Un grand roi se mourait d'ennui.
Si l'on s'ennuyait près de lui,
Je le laisse à penser, chacun singeant le maître,
Sous peine de se compromettre;
— L'on n'est bon courtisan, dit-on,
Qu'à cette condition.

Le bouffon du prince lui-même,
  Sur sa marotte penché,
  Se tenait coi, tout empêché,
Comme un gourmand réduit à jeûner en carême.
  Quelques jeunes dames d'atours
  Riaient, mais sous cape et pour cause;
    A vrai dire, les amours
    N'y gagnaient pas grand'chose.
Bref, le palais était le pire des séjours,
  Grâce à ce mal impitoyable.
  Les docteurs, à bout de discours,
  Et de recettes ayant cours,
  S'en prenaient gravement au diable;
  Les clercs y perdaient leur latin;
  — Je ne parle pas du fretin. —
De guerre lasse, on va quérir un sage
  (A la cour, c'est assez l'usage
  Quand le cas est désespéré).
  Notre homme conseille un voyage.
— Il n'est, dit-il, qu'un remède assuré,
  Qu'il faut appliquer sans remise.
Ce remède (pardon pour le mot consacré),
  Ce remède, c'est la chemise

D'un homme se trouvant parfaitement heureux.

Que cet homme soit jeune ou vieux,
Simple soldat ou brillant capitaine,
Esclave ou libre, riche ou gueux,
Bien portant ou souffreteux,
La guérison sera certaine.

L'on se met en route à l'instant,
S'informant, guettant, furetant,
Par tous les chemins du royaume,
Sous les lambris et sous le chaume.

L'on découvre des gens très-contents de leur sort.
Celui-ci possède un trésor,
Amassé par son seul mérite;
Envers lui la fortune est quitte :
Roi des banquiers, banquier des rois,
Mécène encensé des poëtes,
Son nom se lit dans les gazettes.
La voile du crédit s'enfle ou tombe à sa voix;
Il est presque au-dessus des lois.
Pour de moins dignes, trop de fois
La lâcheté les fit muettes!

2

Mais le ciel lui refuse un bien plus précieux
   Que les honneurs et la richesse,
   Un fils qui lui ferme les yeux,
   Lorsque s'éteindra sa vieillesse.
L'État sera son unique héritier ;
   Malgré ses coffres-forts avides,
   Crésus s'en ira tout entier !
   Autant s'en aller les mains vides.

   Celui-là, pauvre bûcheron,
N'a d'autre gagne-pain qu'une lourde cognée,
   Et la sueur qui coule de son front.
Nous plaignons-nous d'avoir, au courant de l'année,
   Six marmots joufflus à nourrir ?
   (Point n'est manchot qui résout ce problème)
Bast ! nous chantons d'autant. Qu'il en vienne un septième,
Nous chanterons plus fort, et vive le plaisir !
   Pourquoi donc notre caractère
   S'aigrit-il d'aventure, au point
   Que notre douce ménagère
   En pleure là-bas, dans son coin ?
   C'est ce damné lopin de terre,
   Tout au plus, fertile en chardons,

(Dont nous offrons

Trente écus ronds),

Que nous couvons de l'œil. Jarni! la bonne affaire,

Si le meunier Gros-Jean...

Mais, ni pour or, ni pour argent,

Monsieur n'entend céder ce qu'il tient à personne.

Il aime les chardons; c'est son goût, c'est son droit :

Son âne et lui broutent au même endroit;

— L'âne d'abord, le maître par surcroît. —

Tous deux sont de race gloutonne,

Même appétit et même bonne foi...

Voilà, jarni! voilà pourquoi

Notre cervelle déraisonne...

Et notre bras aussi... Margot, pardonne-moi!

Où dénicher cet oiseau rare,

Cet heureux entre les heureux,

Que le Paros et le Carrare

Lèguent ses traits à nos derniers neveux?

Où le trouver, ce mortel merveilleux

Qui va cheminant dans la vie,

Sans soucis ni remords, sans regrets, sans envie,

Calme sous le regard des dieux?

On signale un héros vivant dans la retraite.

Bien qu'elle sonne creux, sa bourse est toujours prête

A soulager la misère d'autrui;

Respecté, vénéré, béni,

L'orphelin le nomme son père;

De la veuve il sèche les pleurs,

Et, dans sa modeste chaumière,

Le géant cultive des fleurs.

Que doit-il penser de la gloire?

Écoutez-le : « — La gloire?... un leurre décevant,

» Un peu de fumée et de vent;

» Qu'est-ce, après tout, qu'une victoire?

» Un coup de carte au tapis vert.

» Gilles gagne, Pierrot perd...

» Gilles parade dans l'histoire!

» A défaut d'avis plus sensés,

» La goutte, rude conseillère,

» Me crie : Assez, mon camarade, assez!

» Fais trêve à ton humeur guerrière.

» Suis-je pas bien mieux m'escrimant,

» Au milieu de mes giroflées,

» Qu'à la tête d'un régiment,

» Parmi les sanglantes mêlées? »

Non, ne le croyez pas, il ment.

Le tambour poussif du garde champêtre

Lui fait, en clochant, cadencer le pas;

Si son escadron venait à paraître,

Le bonhomme n'y tiendrait pas.

C'est un vieux général qui, les grands jours de fêtes,

Aux accords belliqueux des crins-crins, des musettes,

Mène conscrits et vétérans au feu...

D'artifice, par la sambleu!

Et celui que la mort, de sa sinistre épée,

Va demain clouer au tombeau,

Joue encor avec son drapeau,

Comme un enfant joue avec sa poupée.

Notre roi, cependant, allait de mal en pis.

Verra-t-il finir ses ennuis,

Sur ces bords désolés que hante la tempête,

Où nul voyageur ne s'arrête,

Où les aurores sont des nuits?

Partout, dans ce désert immense,

Règnent en souverains le deuil et le silence;

L'oiseau passe, effaré, sans cris...

L'ombre plane sur des débris!

Tout à coup, d'un antre sauvage,

A tâtons, sort un mendiant :

La lèpre a flétri son visage,

Ce n'est plus qu'un spectre effrayant!

Le roi se sent ému d'une pitié profonde;

Dans ses yeux un éclair a lui :

Il est donc vrai qu'en ce bas monde,

Un autre souffre autant que lui!

Mais quoi! le mendiant repousse son aumône!...

« Vous m'offririez votre couronne,

» Que je n'en voudrais pas. Merci.

» Tout comme vous, j'eus mon beau règne aussi.

» L'on me trouvait fort bonne mine,

» Avant d'être — s'entend — gâté par la vermine.

» Comme vous, j'avais des palais

» Et, par conséquent, des valets.

» Insensibles Chloris, farouches Célimènes,

» Que je vous vis de fois compatir à mes peines,

» Au nez de mes rivaux jaloux!

» Tout cela portait ma livrée,

» Tout cela rampait à genoux;

» Tout cela s'est enfui vers une autre curée...

» Bon voyage! — Je suis moins à plaindre que vous.

» Ma soif a le ruisseau, ma faim le fruit des haies,
» Et mon dernier ami, mon chien, lèche mes plaies,
    » Toujours fidèle, toujours là...
» En avez-vous un seul qui vaille celui-là?
» Croyez-moi, j'ai perdu jusqu'à la souvenance
    » De ce qui faisait ma puissance.
    » Si je regrettais le passé,
» S'il restait un désir, un fétu d'espérance,
    » Dans mon cœur à jamais glacé,
    » Aurais-je cette insouciance?
» Chassé, traqué, maudit, presque aveugle, hideux,
» Mis au ban des humains et des fauves, lépreux,
» *En vérité, je suis parfaitement heureux!* »

    A ces mots, et comme en délire,
    Le roi bondit; de ses doigts, il déchire
Les haillons de ce corps épouvantable à voir :
Là-dessous gît sa vie et son suprême espoir;
Il lui faut, à tout prix, la guérison promise!...
    Le mendiant n'avait pas de chemise!

    Le parfait bonheur n'est point d'ici-bas.

Quelle que soit la part qui nous revienne,
Elle est en nous, ou bien elle n'est pas.
Riche ou pauvre, qu'il t'en souvienne!

Escholiers et Ecoliers

A MADAME Vᵉ BADÉ, MA BIEN-AIMÉE SŒUR

~~~~~~~~~~~~

Quels progrès veut-on que je fasse,
Entre ces quatre murs lézardés par le temps?
L'hiver, on gèle dans la classe;
Nous ne connaissons le printemps
Tout au plus que par ouï-dire;
Le zéphire

S'avisa-t-il jamais
D'encanailler sa seigneurie,
Au contact de l'herbe flétrie,
Qui représente nos bosquets?
Au réfectoire, hier, un rat faisait ripaille,
Pendant que moi, *René, baron de Caudebec,*
Pour quelques contre-sens commis en pays grec,
J'étais... j'étais mis au pain sec!
Le gueux qui s'endort sur la paille,
Est certes mieux couché que nous,
Sur nos lits, qu'on dirait capitonnés de clous.
Lui, du moins, peut ronfler sa grasse matinée;
D'un bout à l'autre de l'année,
Notre maudite cloche, avec son glas malsain,
Nous sonne, sonne le tocsin!
Il faut, bon gré, mal gré, que l'on s'en accommode.
Nos pourpoints sont taillés à la dernière mode...
Du siècle précédent,
S'entend.
Essayez donc de plaire en ce bel équipage!
Vous avez le teint frais, les blonds cheveux d'un page,
Un manoir crénelé, pour futur apanage,
Et les chausses d'un vil croquant!

Est-il une existence à la mienne pareille?

Je sens là... quelque part... que je ferai merveille,

Mais quand ce cachot noir à l'air pur me rendra.

Jusque-là, serviteur! l'étude chômera.

Je garderai pour moi mes élans de génie;

Tant pis pour mes aïeux, tant pis pour ma patrie!

Thémistocle-Bayard-René de Caudebec,

Enverra promener le latin et le grec!

Ainsi parlait jadis, si j'en crois la légende,

Un *escholier* d'humeur paresseuse et gourmande,

Très-vaniteux en sus. Le reste allait de pair.

Or, le fruit mûr étant le cousin du fruit vert,

　　Ce que devint ce docte personnage

Renferme une leçon que l'on doit au jeune âge.

　　　Quel soleil n'a son déclin?

　　　Quel beau ciel n'a son orage?

　　　Grâce à la fortune volage,

Le manoir fut vendu. Bientôt, le sort malin

Transforma les créneaux en ailes de moulin.

　　　Le long des fossés en ruine,

　　　S'étageaient des sacs de farine;

Et le tic tac tout net fit taire le beffroi.

Sous le haut pont-levis, aux arches blasonnées,

L'âne trottait menu, charmé du nouveau droit

Qui le faisait l'égal des blanches haquenées.

Le meunier-châtelain se mouchait... sans mouchoir!

La salle des aïeux était un abreuvoir!

Le nain fut remplacé par un géant champêtre!

Aux massifs réservés, les dindons allaient paitre!

Troja fuit!... Enfin, notre ennemi du grec

    Mourut garçon meunier à Caudebec!

Quoique le temps passé ne vaille pas le nôtre,

Et que l'esprit des clercs soit, Dieu merci, tout autre,

    J'ai grand'peur que, de nos jours,

L'on ne tienne, par-ci par-là, mêmes discours.

     Et pourtant, que de gais ombrages

    Dans nos colléges restaurés,

   Bien chauds l'hiver, l'été, bien aérés!

    Quel horizon de gentils paysages!

     La fauvette et le rossignol

Y concertent gaiement en dièse, en bémol;

Et plus d'un vers latin, clochant à l'aventure,

Leur doit de retrouver son rhythme et sa mesure.

Je ne parle pas
        Des repas...
Votre mine me dit que, dans ce monastère,
L'on s'échauffe à courir, mais qu'on n'y jeûne guère.
Je note que le ciel, par faveur singulière,
A vos chefs épargna l'excentrique chapeau,
Qui rappelait si bien la forme d'un trapèze !
Adonis, là-dessous, eût été moins que beau,
        Et puis, ça pèse !

    Devant le moderne képi,
    Devant l'élégante tunique,
    Pour ses péchés, dame critique
    Est prise sans vert aujourd'hui.
    La tunique sied à la taille
    Et lui donne un relief coquet ;
    Le képi, né de la bataille,
    Semble regretter le mousquet.
    Lorsque le fils du pauvre hérite
    Des habits par vous délaissés,
    Comme son petit cœur palpite !...
    Tous ses rêves sont dépassés.
    Il en fait ses plus beaux dimanches,

Et, si parfois un envieux
　　Se rit de la longueur des manches,
　　Il les retrousse de son mieux.
　　Mais l'habit est chose futile ;
Avant tout, l'homme honnête et l'homme intelligent.
Savez-vous que, pour lire... à peu près dans Virgile,
　　Il en coûte beaucoup d'argent ?
　　Beaucoup aussi pour épeler Homère,
L'aveugle mendiant, si grand dans sa misère !
　　Pieds nus, sans gîte, hôte égaré des bois,
　　Il faisait tressaillir la terre,
　　Aux divins accents de sa voix !
Et toi, que le bonheur, dès le berceau, caresse,
Toi qui n'eus jamais soif, toi qui n'eus jamais faim,
— Je t'ai surpris jetant les restes de ton pain. —
Toi, richement vêtu, couvé par la tendresse
De maman Confiture et de papa Gâteau,
A l'instar du baron, qui finit en rustaud,
　　Tu croupirais dans la paresse !...
Eh bien, soit ; mais alors, écolier sans emploi,
Va-t'en, cède ta place à plus digne que toi.
Je sais un apprenti de douze ans, et sa mère
Touche déjà sa part de son maigre salaire.

Combien de jours, de mois, s'écouleront avant
    Que tu puisses en faire autant !
S'il était, comme toi, sur les bancs du collége,
Il n'irait pas ainsi, par le froid et la neige,
Visitant tous les coins de l'immense Paris,
Et, pour se réchauffer, mordant dans un pain bis !...
Tu marches à regret sous les nobles enseignes,
Que la science et l'art font flotter devant nous ;
    Il les suivrait à deux genoux,
Trop heureux de glaner l'épi que tu dédaignes,
Et tes peines seraient ses plaisirs les plus doux !

Le travail, c'est la loi ! Rien ne prévaut contre elle.
    Dieu lui-même nous l'imposa.
    Le Seigneur ne se reposa,
Que lorsqu'il fut content de son œuvre immortelle !

La Mèche de Cheveux

À MADAME ALFRED COULON

~~~~~~~~~~

C'est la nuit où la Vierge enfanta le Sauveur!
L'Homme-Dieu préludait à sa lente agonie.
    Devant cette crèche bénie,
      Quel front ne s'incline rêveur?
Le mystère sacré s'est accompli dans l'ombre :

3

L'arbre de vie est un frêle roseau ;
L'âne et le bœuf soufflent à plein naseau,
Comme pour réchauffer l'étable froide et sombre...
Pâles deshérités, porte-chaines sans nombre,
Il fallait à vos pleurs les pleurs de ce berceau !

Depuis, à chaque fois que renaît cette aurore,
Tous les petits enfants tressaillent de plaisir ;
Que l'hiver nous glace à loisir,
Pour eux, c'est le printemps encore.
Noël est de retour !... Noël, le bon parrain ! .
— Je voudrais l'embrasser... A grand'peine je veille,
Mais voilà... le méchant reprend toujours le train,
Bien avant que je ne m'éveille !...
Et s'il allait ne pas revenir l'an prochain !...
— Il reviendra. Que ta sagesse
Le ramène à notre foyer.
Noël ne fuit que la paresse ;
Noël est un brave écolier.
Mesure le circuit de l'immense soulier,
Que doit desservir sa largesse.
Il visite le monde entier,
Et passe, en un clin d'œil, d'Europe en Amérique ;

Tu le crois à Paris, il sillonne l'Afrique,
    Faisant en tous lieux
       Des heureux.
  (J'en excepte les paresseux!)

  — Quel magasin peut lui suffire?
A départir ainsi tant d'objets précieux,
Noël doit épuiser les trésors d'un empire?...
— Non. De l'Enfant Jésus il est le messager.
    C'est l'Enfant Jésus lui-même
Qui lui trace sa route et l'aide à voyager,
Avec de beaux cadeaux pour les bébés qu'il aime.

  Puisque Noël est si gentil garçon,
    Et de si bonne compagnie,
Suivons-le, voulez-vous? jusqu'en Pensylvanie.
L'Océan vous fait peur?... Pour plus d'une raison,
    Nous resterons en terre ferme,
  Et, sans quitter le seuil de la maison,
Je ferai de mon mieux, pour vous mener à terme.

    C'est fête là-bas, comme ici.
    Tous les bambins du voisinage

Sont conviés, d'après un vieil usage,

   Qu'on a respecté, Dieu merci !

L'enfant du pauvre a la première place.

Ouvrez le livre saint. Le Très-Haut l'a voulu.

Pour lui, le mendiant, c'est le roi, c'est l'élu...

   Nul dans son cœur ne le remplace.

Son fils aussi fut pauvre, et triste, et délaissé,

Trahi, vendu, livré, couvert d'ignominie,

Et de son flanc divin, par le glaive percé,

Jaillit notre rachat et sa gloire infinie !...

Prêtez un peu l'oreille : on dirait un concert

   De linots et de fauvettes.

Les semailles, pourtant, ne sont pas encor faites ;

Il neige à gros flocons, et le jardin désert

Ne verra pas demain fleurir ses pâquerettes !...

   Mais Noël tient l'archet du bal ;

   Ce phénix des gais virtuoses

   Possède un talent sans égal,

   Pour dérider les fronts moroses,

   Et, quel sorcier original !

Sous ses doigts, les frimas se transforment en roses !...

   L'arbre qu'il a planté ce soir,

Nous abrite tous de ses branches.
— Comment donc se fait-il qu'un sapin presque noir
    Produise des pommes si blanches?
Des pommes, ce n'est rien; mais de friands gâteaux,
    Et des cahiers remplis d'images!...
L'on n'a jamais vu ça sur nos jolis coteaux.
    Tiens! j'aperçois les trois rois Mages,
Couronnés de saphirs, de perles, de rubis;
    Sur leur tête une étoile brille...
Ils s'en vont, radieux, dans leurs plus beaux habits,
    Saluer la Sainte Famille!

A ces mots prononcés par sa petite-fille,
Le maître du logis prend, dans ses bras nerveux,
    La mignonne tout effarée,
Et baise longuement l'or de ses blonds cheveux,
En fixant du regard une *mèche* encadrée,
    Le long du mur, à côté d'un portrait.
« Enfants, dit-il, voilà mon père trait pour trait.
» Il n'était déjà plus quand vous naissiez à peine;
» Nul de vous n'a connu son sourire charmant,
    » Sa bonté presque surhumaine!
    » A la Noël, au jour de l'an,

» Il traitait tout un régiment,
» Dont mon casque en papier m'avait fait capitaine...
    » Que de cris, de rondes, de bonds,
    » De tartelettes, de bonbons!...
    » Les estomacs (je dis les bons)
    » En avaient pour une semaine.

» Mon père était le fils d'un pauvre charpentier,
» Comme Jésus! Très-fier de son humble métier,
» Son rabot, son compas, sa varlope, sa hache,
    » Il les nommait ses armes, son blason :
        » L'aube, en toute saison,
        » Le trouvait courbé sur sa tâche.
        » Je vais vous dire sa chanson : »

        Le seul pain que j'aime,
        C'est le pain blanc,
        Gagné par moi-même,
        En travaillant.
        Pan! pan!

        L'opulence oisive
        N'a jamais tenté

Ma gaieté.

Se peut-il qu'on vive,
Avec deux bons bras,
   Ici–bas,
Et, qu'à ne rien faire,
L'on passe des jours
   Aussi courts?
Pour que la misère
Quitte ton grabat,
Aide-toi, compère,
Le ciel t'aidera!

« Pour la première fois (Jane, j'avais ton âge)
  » J'accompagnais mon père à la forêt.
» Jugez si je partis sans le moindre regret;
» La terre était en fleurs, au ciel pas un nuage,
  » Et le soleil d'août nous éclairait!
» Pour la première fois, j'allais à l'aventure,
» Presque libre, courant après les papillons,
  » Mettant à sac tous les sillons,
» Me baignant dans les flots de la verte nature,
» Comme, au sein des flots bleus, les petits alcyons.
  » Le jour décroissait dans la plaine,

» Au moment où mon père abattait un vieux chêne.

» Je contemplais le fer mû par sa large main,

» Heureux de recueillir les débris à la ronde ;

» Les coups retentissaient dans la forêt profonde.

    » Je me penche à terre... Soudain,

» Je sens comme un éclair effleurer mon visage.

» Mon père était tombé de toute sa hauteur !

» Je l'appelle en criant : Ne suis-je donc pas sage ?

    » Suis-je paresseux ou menteur,

» Que tu te trouves mal pour mon apprentissage ?

» Il se dresse à ma voix ; mais je le croyais fou...

» Il pleurait... il riait... Ses deux bras, à mon cou,

    » S'enlaçaient avec frénésie...

» Je l'entends murmurer, en pliant le genou :

» Je ne l'ai pas tué ! Dieu, je te remercie !

» Sa hache avait coupé la *mèche* que voilà !

» Ma chevelure a pris une teinte nouvelle ;

» J'ai blanchi quelque peu depuis ce beau temps-là.

» Vous blanchirez aussi, comptez bien sur cela

» Que de joyeux Noëls ma mèche me rappelle !

    » Lorsque mon père s'en alla,

    » Son dernier regard fut pour elle ! »

Les enfants reprirent leurs jeux.

L'on s'amusa beaucoup. Plus d'un faillit trop boire;

Trop boire est toujours dangereux.

N'allez pas me trahir; car c'est un de ces preux

Qui m'a conté l'histoire

De la MÈCHE DE CHEVEUX!

Les Infortunes d'un Prix d'honneur

A MONSIEUR MOLLIARD, PRÉFET DES ÉTUDES

AU COLLÉGE SAINTE-BARBE

TRIOLETS

~~~~~~~~~~~~~~

Le jour, où j'eus mon prix d'honneur,
Fut le plus beau jour de ma vie !
Ma mère pleurait de bonheur,
Le jour où j'eus mon prix d'honneur.
Papa me disait : Monseigneur !
Et ma cousine était ravie...

Le jour, où j'eus mon prix d'honneur,
Fut le plus beau jour de ma vie!

Nous dinâmes au restaurant,
Tous les trente de la famille!
Dans un salon très-apparent,
Nous dinâmes au restaurant;
Et l'on but à chaque parent,
Même à la bonne, Pétronille.
Nous dinâmes au restaurant,
Tous les trente de la famille!

Ma foi, je trébuchais un peu,
Lorsqu'il fallut quitter la table.
L'œil mi-clos et la joue en feu,
Ma foi, je trébuchais un peu.
Ce Bacchus est un joli dieu;
Mais la vieillesse est intraitable.
Ma foi, je trébuchais un peu,
Lorsqu'il fallut quitter la table.

On s'inclinait sur mon chemin;
Ma mère portait mes couronnes.

Le long du faubourg Saint-Germain,
On s'inclinait sur mon chemin.
Mon père, sa canne à la main,
Semblait fouler aux pieds des trônes!
On s'inclinait sur mon chemin;
Ma mère portait mes couronnes.

Moi, je songeais à l'avenir;
Comme l'aigle, j'avais des ailes.
Pour lui léguer mon souvenir,
Moi, je songeais à l'avenir.
Au Panthéon je dois finir,
Parmi ses ombres immortelles!
Moi, je songeais à l'avenir;
Comme l'aigle, j'avais des ailes.

Les bons bourgeois rentrent chez eux;
La nuit sur nous étend ses voiles.
Quand la lune ouvre ses yeux bleus,
Les bons bourgeois rentrent chez eux.
Les lauréats, les amoureux,
Vont causer avec les étoiles.
Les bons bourgeois rentrent chez eux;

La nuit sur nous étend ses voiles.

La terre n'est qu'un petit coin,
Peuplé par la sottise humaine.
A la voir flotter de si loin,
La terre n'est qu'un petit coin.
Bon! J'en prends le ciel à témoin,
L'on m'a *fait* ma montre et ma chaîne!
La terre n'est qu'un petit coin,
Peuplé par la sottise humaine.

Fortune, voilà de tes coups!
Tu me poursuis dans la Grande-Ourse!
Au milieu d'un rêve si doux,
Fortune, voilà de tes coups!
Mais je dédaigne ton courroux,
Le voleur m'a laissé ma bourse.
Fortune, voilà de tes coups!
Tu me poursuis dans la Grande-Ourse!

L'on donne à point le *Domino*
De Scribe, notre camarade.
Avec le *Châlet, ex æquo,*

L'on donne à point le *Domino*.
Je veux couronner d'un bravo
Cette bluette à mascarade.
L'on donne à point le *Domino*,
De Scribe, notre camarade.

Après un aussi bon repas,
J'ai droit à toutes les ivresses.
Quoi! le ténor chante trop bas,
Après un aussi bon repas!
Mon voisin rit de mes hélas...
Nous échangeâmes nos adresses!
Après un aussi bon repas,
J'ai droit à toutes les ivresses.

Qui vais-je choisir pour tenant,
Entre mes pairs de Charlemagne?
Un vrai duel, c'est du nanan;
Qui vais-je choisir pour tenant?
Comme ma tête va tournant!
Cette musique est du champagne!
Qui vais-je choisir pour tenant,
Entre mes pairs de Charlemagne?

Je m'endors... je ne sais pourquoi...
Il faisait très-chaud dans la salle.
Le basson ronflait près de moi...
Je m'endors... je ne sais pourquoi.
Est-ce la flûte ou le beffroi?...
Je glisse le long de ma stalle!
Je m'endors... je ne sais pourquoi...
Il faisait très-chaud dans la salle.

Pour un prix d'honneur, c'est affreux.
Ah! comme le bonheur vous grise!
Je me couchai... l'estomac creux...
Pour un prix d'honneur, c'est affreux.
Mais, l'an prochain, j'en aurai deux,
Afin de conjurer la crise.
Pour un prix d'honneur, c'est affreux.
Ah! comme le bonheur vous grise!

Mon rieur était un moutard,
Nourrisson mal-appris des muses.
Moins intrépide que vantard,
Mon rieur était un moutard.
Nous fûmes bons amis plus tard...

Je lui fis toutes mes excuses.
Mon rieur était un moutard,
Nourrisson mal-appris des muses.

MORALITÉ.

Chers copains, prix d'honneur ou non,
Mettez à profit la leçon ;
Soyez toujours sobres à table.
Pour un rien, le meilleur garçon
Perd sa *tocante* et sa raison,
Et peut massacrer son semblable.

L'Enfant qui a Perdu son Soulier [1]

A MADAME LA MARQUISE D'HERVEY SAINT-DENYS

~~~~~~~~~~~~~~

Je ne croyais pas qu'une mère,
A moins d'être folle pourtant,
Pût devenir une mégère
Et le bourreau de son enfant.

[1] L'héroïne de cette scène, malheureusement trop vraie, est une jeune
Américaine, milady G... Je n'ai fait que rimer son récit.

Cette chose, que ma pensée
Osait à peine concevoir,
Devant des hommes s'est passée;
J'étais seule à m'en émouvoir!

L'enfant, une petite fille,
Tout l'aspect d'un souffre-douleur,
Mais charmante sous sa guenille...
Le toit le plus humble a sa fleur!
La mère, une grosse gaillarde,
Buste plantureux, bien nourri;
Ça louche quand ça vous regarde...
Je plains fort monsieur son mari !
Comme si c'était l'habitude,
La petite ne pleurait pas;
L'autre, de sa voix la plus rude,
Criait, frappant à tour de bras :
« Va, maudite! va, misérable!
« La honte de notre quartier!... »
La maudite était bien coupable,
Elle avait perdu son soulier!...
Un soulier qui ne tenait guère,
A voir celui qui lui restait;

De méchants lambeaux de lisière,
Où l'eau du ruisseau clapotait.
La mère à ses pieds la rejette,
Et... je voudrais l'avoir rêvé...
J'entends encor sa blonde tête,
Rebondissant sur le pavé!
Ah! c'était un spectacle atroce!...
Plus d'un, qui se croit bon chrétien,
Devant cette louve féroce,
Passait, disant : Bah! ce n'est rien.
Et moi, comme dans un mirage,
Je revoyais mon fils perdu.
Il a bien souffert, pour son âge,
Mais je ne l'ai jamais battu!
Ce mot-là, sur sa froide couche,
Est le dernier qui soit sorti
De sa chère petite bouche...
Pauvre petit!... pauvre petit!...
— Pourquoi frapper votre fillette,
Hasardé-je; avec cet argent,
De souliers neufs faites emplette;
Il suffit de gronder l'enfant.
— Me prend-on pour une pauvresse?

Votre aumône, je n'en veux pas.

De ce que c'est mise en princesse,

Ça vous traite du haut en bas.

— Non, Madame; mais je suis mère...

Et je craignais que le besoin...

Mon Dieu... le meilleur caractère

Parfois s'emporte... va trop loin...

Je fus aussi quelque peu vive,

Et je ne pouvais m'empêcher...

Mais, un jour, la sagesse arrive...

— Avez-vous fini de prêcher?

Je supplie... elle me repousse

Et veut frapper, frapper encor...

Je suis la femme la plus douce,

Mais mon père était assez fort.

Je la regarde bien en face :

« — Vous ne la battrez plus. » — « Vraiment?

» Suis ton chemin et fais-moi place,

» Ou je vais t'en servir autant ! »

Et c'était, dans la foule accrue,

Des quolibets d'un goût exquis :

« Une dame, à pied, dans la rue...

» Les fiacres sont-ils hors de prix?

» L'on s'en vient balayer la halle

» Avec sa jupe de velours,

» Et l'on y fait de la morale;

» C'est très-bien porté de nos jours. »

Pour tous ces braves à la ronde,

La louve allait me dévorer.

A l'instant où sa griffe immonde

S'apprêtait à me déchirer,

De ma main, de ma main gantée,

Je la maintiens, comme il fallait.

La bête veut mordre, indomptée...

Alors, — j'en rougis! — un soufflet!...

Je ne l'ai pas reçu; — c'est elle! —

Jamais public parisien

Ne fêta mieux pièce nouvelle :

L'on demandait bis et très-bien.

L'enfant, du sang plein le visage,

Tirait sur ma robe, et, pleurant :

« La dame, je serai bien sage;

» Ne fais plus de mal à maman. »

L'enfant me payait de ma peine;

Je l'embrasse avec tout mon cœur,

Et me sauve, à perte d'haleine.

C'est assez beau pour un vainqueur!

Moi-même, suis-je pas coupable?
Pardonne-moi ce gros péché,
Dieu bon, — j'ai frappé mon semblable,
Et ce n'est pas péché caché!
En souvenir du fils si tendre,
Que je sens encor dans mes bras,
Où la pâle mort vint le prendre,
Dieu bon, tu me pardonneras!

L'Âne et le Rossignol

FABLE

~~~~~~~~~~

Un âne, qui s'écoutait braire,
(L'histoire dit pour la première fois),
Se pâmait d'aise au charme de sa voix.
Mais quels sons viennent le distraire?
    Quel rival insolent
    Ose marcher sur les brisées
    De son merveilleux talent,

Et braver ainsi les risées ?

C'est un petit oiseau, presque un insecte ailé,

Tout là-haut, perdu dans les branches.

« Avec son soprano fêlé,

» Prétend-il détrôner ma basse des dimanches ? »

Là-dessus, notre balourd

Enfle sa note caverneuse,

Non, sans épouvanter les hôtes d'alentour.

Le rossignol poursuit son ariette amoureuse,

Et les trembleurs se rassurent d'autant.

C'était la brise répondant

Aux sombres éclats du tonnerre.

L'autre renâcle de son mieux,

Suant, soufflant, dressant l'oreille et la crinière,

Tant et si bien qu'on vous le trouve à terre,

Épuisé par l'effort d'un gosier furieux,

Pendant que la chanson légère

Allait, montant toujours, frapper l'écho des cieux.

Que si j'avais l'esprit enclin à la satire,

Mon âne fournirait un bon enseignement.

Lequel ? Mais non. Taisons-nous prudemment.

Je laisse aux gens de goût le soin de vous le dire.

La Plume et le Pinceau

FABLE

~~~~~~~~~~

Mis au rebut tous deux, la plume et le pinceau
   S'entretenaient de leur sort misérable.
L'un s'adjugeait l'honneur d'un merveilleux tableau,
   L'autre, celui d'un livre incomparable.
A quoi bon s'épuiser au service d'autrui?
Chacun d'eux produira désormais pour son compte,

Laissant l'homme couvert de honte
Implorer en vain leur appui.

Sitôt dit, sitôt fait; leur talent se déploie
Sur la toile et sur le papier.
La plume écrit comme sa mère l'oie,
Et le pinceau, qui s'en donne à cœur joie,
Fait d'un élégant atelier
Une bauge de sanglier!

Tel maraud, laquais de ministre,
Pour un habit brossé, tranche du potentat,
De ses réformes tient registre,
Et pense, chaque soir, avoir sauvé l'État!

Jocrisse logicien

FABLE

~~~~~~~~~~~~

Mons Jocrisse s'est endormi,
Ayant soin de tenir sa jument par la bride.
    Vient un larron qui la débride,
L'enfourche et pique droit. Adieu, mon bel ami!
A s'éveiller enfin le dormeur se décide,
Et tire de son cas ce beau raisonnement :

« Suis-je Jocrisse ou non? Je ne sais trop, vraiment.
» Si Jocrisse je suis, l'on vola ma jument;
» Si je ne le suis pas, j'ai volé cette bride! »

          Ainsi raisonnent trop souvent
          Des étourneaux à tête vide.

Tabarin

A MON AMI HENRI LAVOIX

Tabarin, maître passé
En bons tours de jonglerie,
De son feutre crevassé
Fit une chapellerie.
Bonnet carré de docteur,
Toque à l'évent de bretteur,

Béret basque,

Mitre, casque,

Toute forme jaillissait

De cet unique creuset,

Au gré de son art fantasque.

M'est avis que le bouffon,

Très-sensé, très-sage, au fond,

Visait mieux que le gros rire

D'un auditoire banal,

Par ce truc original.

Tabarin, le joyeux sire,

Voulait-il pas peindre à nu

Tel personnage connu,

De son temps, comme du nôtre,

Sans cesse tournant, virant,

A plaisir se parjurant,

Sautant d'un camp dans un autre?

Il a changé de drapeau,

Qu'importe!

C'est toujours même chapeau

Qu'il porte!

Arlequin et Scaramouche

A MESSIEURS COQUELIN, DE LA COMÉDIE FRANÇAISE

~~~~~~~~~~~~

SCARAMOUCHE, avisant Arlequin assis sur un banc, sans masque
et tout défait.

Que vois-je? Est-ce bien là mon compère Arlequin?

Aïe, *povero!* quelle mine allongée!

Serais-tu veuf? ou bien, de Madame outragée,

Aurais-tu recueilli quelque soufflet benin?

5

(A part.) Il ne bouge! Ouais! c'est son ombre
Qui revient de la rive sombre;
Caron n'a pas voulu prendre à bord le coquin;
Par charité, lestons-le d'un sequin. (Il éternue.)

ARLEQUIN, se dressant d'un bond et escamotant le sequin.

A tes souhaits, mon brave Scaramouche.
J'existe encor, mais n'en vaux guère mieux!
C'est à bon droit que ma pâleur te touche.
Siècle ignorant, barbare, ingrat, lâche, odieux!
J'ai... j'ai... le verbe hésite à passer par ma bouche,
J'ai manqué d'être pendu!

SCARAMOUCHE, à part.

Que manqué? Si de moi la chose eût dépendu,
Ce serait fait; mais quoi! le chanvre le plus dru
Toujours casse avec cette engeance!
(Haut.) Rends-moi ce que mon obligeance
T'a prêté sottement. (Arlequin retourne ses poches vides.)

(A part.) Il l'avala, je pense!

(Haut.) Après tant de hauts faits, c'est clair,
Tu ne peux que finir en l'air!

ARLEQUIN, piqué.

Scaramouche, mon âme est un cristal de roche.

SCARAMOUCHE.

Au large! mon gousset redoute ton approche.

ARLEQUIN.

En connais-tu céans un plus loyal que moi?

SCARAMOUCHE.

Plus fourbe, veux-tu dire?

ARLEQUIN.

O mes nobles ancêtres!
Vous l'entendez, il doute de ma foi!

SCARAMOUCHE.

Donc, tu faillis être pendu. — Pourquoi?

ARLEQUIN, les yeux au ciel.

Pour l'amour des belles-lettres!

SCARAMOUCHE.

Des belles-lettres! Qui? Toi? toi!
Sur les bancs de la même école,
Nous avons si bien progressé,
Qu'à peine savons-nous tous deux notre A b c!

ARLEQUIN.

J'ai beaucoup travaillé depuis, sur ma parole!

SCARAMOUCHE.

Oui, travaillé dans les poches d'autrui.

ARLEQUIN.

Travaillé sous d'illustres maîtres...

SCARAMOUCHE.

Qui tiennent la rame aujourd'hui.
Et cet âne bâté parle de belles-lettres,
    Comme s'il était bachelier!
Depuis quand branche-t-on les gens de ce métier?
Partout on les honore, on les choie, on les aime.
    Quant à savoir se faire bien payer,
Apollon, là-dessus, en remontre à Barême.
    A preuve, certain savetier
    Qui vient d'accoucher d'un poëme
    Sur le néant des grandeurs... d'un portier,
    Et dont la cave est celle d'un rentier.
    Le lendemain, sa femme fit de même,
    — Quoique rimant d'autre façon, —
    Elle accoucha d'un gros garçon :
    Le chef-d'œuvre et le poupon
Furent bien arrosés.

ARLEQUIN.

Que n'étais-je au baptême!

SCARAMOUCHE.

Entre nous, le bon vin m'avait un peu surpris;
L'onde pure suffit à ma soif de sagesse!

ARLEQUIN, à part.

Jamais je ne le vis
Que gris!

SCARAMOUCHE

Adieu, perfide ami, dont l'indélicatesse...

ARLEQUIN, l'arrêtant.

Par toi seul mes malheurs peuvent être compris!
Tu sais quelles tendresses folles
M'inspirèrent de tout temps
Les louis d'or, les ducats, les pistoles...

SCARAMOUCHE.

De ton prochain?...

ARLEQUIN.

Plaît-il!

SCARAMOUCHE.

Ne t'émeus. — Je m'entends.

(A lui-même.)

J'eus cet amour aussi, dès mon printemps...
(Le génie est toujours précoce).
Nous ne sommes que des enfants;

Nous devrions rouler carrosse!
(Haut.)
Oïme! poursuis.

ARLEQUIN.

Fuyant le monde et ses plaisirs,
J'occupais mes moindres loisirs
A contempler tout à mon aise
Mon image dans ce miroir.

SCARAMOUCHE.

Tu te trouvais moins laid, rien qu'à t'y voir!

ARLEQUIN, avec élan.

Divin métal, que l'avarice pèse,
Avant de l'enfouir au fond de son tiroir,
Moi seul je comprenais ta céleste origine.
A ton éclat, à ton reflet vermeil,
A ton prestige sans pareil!...
Non, non, tu ne sors pas des gouffres d'une mine,
Tu nous viens tout droit du soleil!
Que renifles-tu là?

SCARAMOUCHE.

Tes fleurs de rhétorique,
Avec ma prise de tabac.

ARLEQUIN.

Une apostrophe pindarique...
J'en ai bien d'autres dans mon sac!
    Les belles-lettres... moulées,
      Qui rayonnent tout autour
Des pièces dûment contrôlées,
Comme les sphères étoilées
Gravitent vers l'astre du jour...
(Hein? J'aime assez ce petit tour),
Me fascinaient de telle sorte
Qu'en passant devant un changeur,
Je demeurais béant, songeur,
Les ergots rivés à sa porte.
Vainement je fermais les yeux,
Pour ne point voir, effort stérile!...
J'en risquais toujours un, et le meilleur des deux.

SCARAMOUCHE.

L'autre alors t'était inutile.

ARLEQUIN.

J'avais beau me signer et, sur mon chapelet,
      Égrener le missel complet,
Tarare! hier, enfin, ma jeunesse succombe!

SCARAMOUCHE.

Tu volas?

ARLEQUIN.

Fi! le terme est choquant et brutal.

SCARAMOUCHE.

D'accord; mais c'est le mot propre, au total.

ARLEQUIN.

Non, écoute plutôt. Je suis seul... la nuit tombe...
Mon maître, un vieux prêteur sur gages, est plongé
Dans ses comptes courants qu'éternise l'usure;
    Sans crainte d'être dérangé,
Je puis donner l'essor à ma littérature!

SCARAMOUCHE, à part.

Aurais-je méconnu cette noble nature?
Le travail, à ce point, l'aurait-il corrigé?

ARLEQUIN.

Note que sur sa caisse, une triple serrure
Défiait l'arsenal des plus adroits filous;
Mais, crac! je l'ouvre avec un murmure si doux,
Qu'une taupe n'eût rien entendu...

SCARAMOUCHE.

                  Voyez-vous?

(A part.) Moi qui croyais lui faire injure!

ARLEQUIN.

Chut! profane! — Je suis dans le parvis sacré!
    La splendide bibliothèque!
Française, castillane, américaine, grecque!
Vaste *compendium* au vulgaire muré!
    Dans mon extase vagabonde,
    Ému, ravi, frissonnant, enivré,
De Bergame, j'allais en poste au nouveau monde!
    Après avoir longuement admiré,
Et, sous mes doigts fiévreux, ainsi que des toupies,
Fait virer *frédérics, doublons, thalers, roupies,*
Réaux, livres tournois, onces, roubles, liards,
Drachmes, talents, testons, crusades et dollars,
Je veux... étudier deux écus à la rose!

SCARAMOUCHE.

Étudier me plaît! — Intendant des Beaux-Arts,
Si les écus étaient... à l'iris, je suppose...

ARLEQUIN.

A l'œillet, au jasmin, ce serait même chose;
Car je suis de l'avis de ce grand empereur
Qui disait que l'argent a toujours bonne odeur.

SCARAMOUCHE.

Même, fût-il éclos d'une chaise percée?

ARLEQUIN.

Justement, c'était là le fond de sa pensée.

(Mimant la scène.)

D'abord, je rogne *amoroso.*

Les belles-lettres, les premières,

Se détachent sous mon ciseau.

(Je suis très-docte en ces matières.)

Après quoi, prudemment je comble les ornières,

J'aplanis le sillon tracé,

J'adoucis l'arête trop dure...

— Un beau mouvement cadencé

Nivelle le style et l'épure. —

SCARAMOUCHE.

Où prends-tu le style, insensé?

ARLEQUIN.

Je ne parle que par figure.

Le coup d'œil le plus exercé

Ne saurait découvrir ma ruse...

— Il n'appartient qu'au trébuchet

De bien constater le déchet. —

Le métal s'use, s'use, s'use...

Et moi, je creuse plus avant.

SCARAMOUCHE.

Nous voulions devenir savant?

ARLEQUIN.

Jusques à caresser la Muse !
Déjà je tenais dans ma main,
Sur une centaine de pièces,
Une part du savoir humain...
Et de quoi marier mes nièces...

SCARAMOUCHE, suppliant.

Pense à moi, ton cousin germain !

ARLEQUIN.

Déjà je supputais le nombre de bouteilles
Que j'aurais à vider en l'honneur de mes veilles ;
Je venais au secours de ta soif aux abois,
Et je payais comptant pour la première fois !
Mon maître, à mes côtés, comme une ombre se glisse !...

SCARAMOUCHE.

De Profundis !

ARLEQUIN.

Dans son œil de hibou,
Je flaire un régal de police,
Je prends mes jambes à mon cou

Et vais au loin... quelque part... ne sais où...
Me... consoler, sous l'ombrage des hêtres,
Comme Virgile dit, dans ses... odes champêtres!
Voilà... voilà pourtant, sans parler du licou,
Où peut vous entraîner l'amour des *belles-lettres!*

SCARAMOUCHE.

Tu me vois, comme toi, sous ce coup abattu!

ARLEQUIN, à lui-même.

Étudier ainsi n'est pas chose commode.
Les progrès y sont lents et le travail ardu :
D'une et d'autre façon, l'on va buter au Code...

SCARAMOUCHE.

Camarade, à quoi songes-tu?
Aux délices de la vertu?

ARLEQUIN.

Non, tout pesé... je reste convaincu
Que le mieux, c'est encor notre vieille méthode!...
(Il lui vole sa tabatière.)

L'histoire ne finit pas là...
Dame Justice s'en mêla...
Pour leur rare mérite et leur trop de science,

Elle invita nos *arcades ambo*

A s'en aller souper ensemble chez *Pluto*...

   Par le chemin de la potence !

La Fourmilière

A MONSIEUR DUBIEF, DIRECTEUR DU COLLÉGE SAINTE-BARBE

Au fond d'un bois, dans une étroite allée,
  Loin des promeneurs importuns,
  La *fourmilière* est installée.
  Après de longs efforts communs,
  Traversés par bien des obstacles,

La troupe embrigadée a fait de tels miracles
　　　Que l'édifice touche enfin
　　　　　A sa fin.

Rien n'y manque. Voyez! Ici, le vestibule,
　　　Un couloir coquet suffisant,
　　　Pour qu'à l'aise chacun circule,
　　　Sans trop se gêner, en passant.
　　　Plus loin, le grenier d'abondance;
C'est là qu'est enserré notre modeste avoir.
　　　Aussi, par excès de prudence,
C'est là que l'architecte a mis tout son savoir!
　　　Pas un fétu qui n'ait sa place
　　　Dans ce modèle des logis...
　　　Pour nos servantes, j'en rougis;
Mais, qu'elles devraient bien parfois aller en classe
　　　Chez mesdames les fourmis!

Ne cherchez ni tapis, ni murailles à fresque.
Admirez cependant ces jolis embryons
De fossés, de créneaux, de tours, de bastions,
　　　Dont la sculpture arabesque,
Finement ciselée à la mode moresque,

Rappelle l'*Alhambra,* moins la *cour des Lions.*

D'honneur, l'on y danserait presque
Le fandango, n'était la majesté du lieu,
Pardon, le jour décroît... Cher petit Louvre, adieu!

L'ombre descend de ce nuage;
Il s'entr'ouvre juste au-dessus
De notre fragile ermitage,
Et les plans savamment conçus,
Les peines, les labeurs de toute une journée
Sont à vau-l'eau pour une ondée.
Rêves déçus!...
La fourmilière
N'est déjà plus
Qu'un cimetière!...

Le désastre est complet! — Par ce même chemin,
Veuillez passer le lendemain;
Quelle sera votre surprise,
En retrouvant tout réparé,
De la clef de voûte à la frise!...
Elles n'ont pas désespéré,
Les intrépides pourvoyeuses;

6

Comme hier, elles vont, joyeuses,

D'un pas encor mieux assuré.

Le ciel est menaçant; l'orage

Peut à nouveau détruire leur ouvrage;

Il a couché, le long du bois,

Plus d'un vieux chêne centenaire...

Bah! cela ne nous émeut guère;

Nous nous plaisons à cette guerre

Des éléments ligués contre nos humbles toits.

Que vingt fois ils jonchent la terre,

Nous recommencerons vingt fois.

Notre soif de travail n'est jamais assouvie;

Contre la pluie et la grêle et le vent,

Notre mot d'ordre est : En avant!

Et la mort enfante la vie!

Ô France! ô mon pays, si malheureux, si beau!

Pour toi je donnerais jusqu'au dernier lambeau

De ma chair et de ma pensée;

Dis, qu'a-t-on fait de ton drapeau,

De ta vieille gloire éclipsée?

Des fous la mirent au tombeau.

Combien de tes enfants sont morts loin de leur mère!

Combien d'autres te sont ravis,
Qui dormiront sur la terre étrangère,
Au sein même de leur pays!
La fortune te fut marâtre;
Ne va point te laisser abattre,
Garde-toi bien de t'engourdir;
Nous avons encore à nous battre,
Et ton laurier doit reverdir!
Puise dans ta détresse une force nouvelle,
Travaille à ton rachat, sans cesse, nuit et jour,
Que ta séve se renouvelle.
Tout n'est pas perdu sans retour;
L'honneur te reste et l'espérance
D'un avenir meilleur conquis par ta souffrance.
Fais comme la fourmi. — Devant cette leçon,
Incline ta haute raison.
Qui te dit que l'épreuve a dépassé tes fautes,
Et, qu'avant de revoir les splendeurs du matin,
Les mêmes sombres hôtes
Ne viendront pas s'asseoir à ton festin?
Tes champs sont si fleuris et tes moissons si belles!
Tous ces vautours repus battent encor des ailes,
En songeant aux morceaux qu'il leur fallut quitter...

— Ils ne pouvaient tout emporter! —
Ce qu'ils ne t'ont pas pris, c'est ta fière vaillance,
    Debout, sans tache, aux yeux du monde entier;
Fais comme la fourmi, dans son rude chantier,
    Apprends d'elle la patience.
Ne prête plus l'oreille à ces flatteurs maudits,
Toujours trop tard, hélas! par les faits contredits!
A prôner ton passé, si rayonnant de gloire,
La nuit de ton présent n'en ressort que plus noire;
    Regarde en face tes revers :
    Dans les pages de ton histoire,
    Les printemps naissent des hivers!
    Mais il n'est pas de grandeur éternelle!
La moindre flatterie est ici criminelle.
Ne sens-tu pas déjà que son souffle empesté
Engorge tes poumons de miasmes funèbres?
A grands coups de travail et de moralité,
    Il faut dissiper ces ténèbres
    Et dégonfler ta vanité.
Sinon, tremble qu'un jour, l'édifice ne croule!
Bien d'autres nations tombèrent de plus haut!
    Demande leur nom à la foule,
Au savant qui pâlit à chercher leur berceau.

Le fleuve est à peine un ruisseau !
Où sont-elles les Babylones ?
Si tu l'oses, visite-les...
La fourmi bâtit ses palais
Avec la poudre de leurs trônes ;
En cherchant bien dans les remblais,
L'on y trouverait des couronnes !

Pauvre grand peuple-chevalier !
Le moment revenu de chausser l'étrier,
De reprendre l'estoc, le haubert et la lance,
Fais comme la fourmi, que tout soit prêt d'avance,
Pour l'attaque et pour la défense ;
Ne laisse plus au croc ton bouclier !
Ne crains pas qu'un plus brave au champ clos te devance,
Tu seras toujours le premier ;
Mais, qu'à flots moins pressés, ton noble sang s'épanche,
Mets le mors à ta fougue et mesure tes coups...
Lion, quand tu sauras hurler avec les loups,
Nous parlerons de la revanche !

Béguin ! [1]

A MADAME Vᶜ JULES BÉGUIN

~~~~~~~~~~~

Jules Béguin, — retenez ce nom-là, —
    Commandait une batterie,
    A Forbach, cette boucherie,
    Où tant de sang français coula!

[1] Béguin, barbiste, élève de l'École polytechnique, tué à Forbach.

Lorsqu'un des siens tombait, frappé par la mitraille,
Les autres l'emportaient loin du champ de bataille.
Mais Béguin remarqua que les moins résolus
Briguaient ce triste honneur et ne revenaient plus.
C'est la première fois qu'on voit la mort en face...
L'on est jeune... l'on pense à quelque vieux parent...
Aux amis... à sa mère... et l'on manque d'audace.
Béguin songe à la France!... et sa bonté se lasse.
« Quels que soient du blessé le danger et le rang,
　　　» Il attendra, fût-il mourant,
» L'heure réglementaire où l'ambulancier passe.
» Depuis quand un soldat a-t-il peur des boulets? »
Et, là-dessus, Béguin arme ses pistolets.

Comme deux troncs jumeaux, qu'un même nœud rassem-
La discipline et lui marchent rivés ensemble.　　　[ble,
　　　Ces braves gens avaient compris;
Et plus d'un qu'on eût dit très-calme, à la parade,
Débris infortuné parmi tant de débris,
Ranimait d'un bon mot le cœur du camarade.

L'aveugle mort fauchait des escadrons entiers;
Autour de lui Béguin n'a que trois canonniers,

Tous blessés, mais debout. — L'heure devient suprême. —
Son pointeur est tué, — Béguin pointe lui-même,
Quand un éclat d'obus le jette foudroyé
    Sur une horrible couche humaine,
    Le genou mutilé, broyé!...
Et les deux canonniers : « Venez, mon capitaine...
» Le temps de vous panser... Ça presse seulement.
» Hésiter, c'est mourir! » Mais lui, tranquillement :
« A vos pièces! — je reste et ne veux point de grâce...
» Comme vous, j'attendrai que l'ambulancier passe. »

Une heure après encor, brillait son doux regard...
L'ambulancier passa, mais il passa trop tard!

Le Grillon

A JEANNE, MA FILLE

~~~~~~~~

L'étranger commande chez eux.
Qu'on obéisse ou qu'on s'exile!
Ils sont partis, presque joyeux,
Pauvres gens! Ils n'ont plus d'asile!

Où vont-ils? Ils ne savent pas.

Ils cherchent la terre de France,
Celle où l'on parle de combats,
De victoire, de délivrance.

Le peu qui parait leur foyer,
Le vieux bahut, la vieille armoire,
Le lit, la table de noyer,
Le petit crucifix d'ivoire,

Tous ces compagnons du passé
Les ont suivis dans leur retraite,
Chacun, pieusement placé
Sur une modeste charrette.

A travers les rangs ennemis,
Ils touchent enfin la frontière.
« Ce n'est pas notre beau pays,
» Murmure, en soupirant, la mère.

» L'ombre est plus fraîche dans nos bois,
» Nos gazons ont plus de fleurettes,
» Nos rossignols plus douce voix,
» Plus de parfum nos pâquerettes! »

« — Qu'importe! nous sommes au bout,
» Dit le père. — J'ai bon courage,
» Et l'on peut être heureux partout,
» Pourvu qu'on trouve de l'ouvrage.

» Je serais mort, rien qu'à les voir,
» Tous ces Prussiens que je déteste;
» Nous avons fait notre devoir,
» Le ciel pour nous fera le reste.

» Femme, reposons-nous un peu;
» En attendant l'aube prochaine,
» Nous serons les hôtes de Dieu,
» Nous dormirons sous ce grand chêne.

» Nous aurons mieux que ça demain.
» C'est beaucoup, dans notre détresse,
» D'avoir du feu, d'avoir du pain,
» Et notre enfant qui nous caresse.

» Après trois longs jours et trois nuits,
» Passés à vivre, Dieu sait comme!
» Il est triste de nos ennuis...

» Nous en ferons, je crois, un homme. »

L'enfant regrette le grillon
Qui chantait dans la cheminée,
Plus gaiement que dans un sillon,
Et tout le courant de l'année.

Avec lui, le petit causait,
Comme avec un vieux camarade;
Lorsque le grillon se taisait,
C'est que l'enfant était malade.

Il aurait voulu l'emporter,
Le ravir à son nouveau maître;
Le Prussien va le tourmenter,
Le Prussien le tuera peut-être!...

Il a bien tué le gros chien,
Parce qu'il faisait sentinelle,
Devant la porte, en bon gardien;
Il dort, là-bas, sous la tonnelle!...

Les derniers amis disparus,

Qui défendra la maison vide?...
César, au moins, les a mordus;
Mais un grillon, c'est si timide!...

« S'il m'entendait, il serait là;
» Jamais il ne s'est fait attendre...
» Écoute, père! — le voilà!...
» Le bon Dieu vient de nous le rendre!...

» Non, non, ce n'est pas un peureux...
» Il est près de nous, à sa place.
» Il ne veut pas chanter pour eux...
» Il est digne de notre Alsace! »

Et l'enfant, — sainte illusion! —
Bercé par sa mère attendrie,
S'endormit au chant du grillon
Qui lui rappelait la patrie!

Le Maître d'École de Strasbourg

A MONSIEUR ADOLPHE DE LANNEAU, ANCIEN DIRECTEUR
DU COLLÉGE SAINTE-BARBE

~~~~~~~~~~~~~~

Je reviens, tout pensif, du fond de notre Alsace.
Qu'il est lourd à porter le fardeau du vainqueur !
    Mais, quoi qu'il veuille, quoi qu'il fasse,
Il n'aura que le sol, nous garderons le cœur !

Ce que je vais conter, je l'ai vu, je l'atteste.
    Il s'agit d'un brave garçon,

7

Resté là-bas, volontaire rançon,
De cette campagne funeste.

Ils étaient deux frères jumeaux :
L'un, garde-chasse, ami des vieux ormeaux,
Des chênes, des sapins et de leur solitude,
Partit le premier, sac au dos,
Se battit en lion et mourut en héros ;
L'autre, avant de se battre, était *maître d'étude*.
A deux genoux, il eût opté
Pour la sainte mère-patrie,
Mais alors il eût déserté
Une pauvre tombe chérie.
Son frère lui disait toujours :
Puisque nous sommes nés ensemble,
C'est bien le moins qu'au terme de nos jours,
Le même gazon nous rassemble.

Ils s'étaient promis tous les deux
De s'entr'aider par delà la mort même ;
Le trépas semble moins hideux
A qui s'en va, laissant quelqu'un qui l'aime !
Son nom, prononçons-le tout bas.

Muller! à vingt-cinq ans, il est revenu chauve,
La nuit où, l'œil au guet, comme une bête fauve,
Il rapporta son frère expirant, dans ses bras!

Maigre, pâle, chétif, l'épaule un peu voûtée,
Propre toujours, — misère digne, bien portée, —
Regard profond, — d'aspect très-simple, au demeurant;
Mais, pour l'observateur, quelque chose de grand!

Il habite, à Strasbourg, un grenier de la ville.
Comment à mon pays puis-je être encor utile,
S'est-il dit, — et comment le tenter, sans qu'ici,
Quelqu'un de nos bourreaux me soupçonne? Voici:
    J'ai mon brevet, j'ouvre une école;
    Par mon exemple et ma parole,
Je sème chez l'enfant l'horreur de l'étranger.
    (C'est l'enfant qui doit nous venger!)
    Je lui rappelle nos défaites,
Les désastres sans nom qui sont tombés sur nous,
    Mais aussi les grands jours de fêtes,
Où la France voyait le monde à ses genoux!
    Je lui dis que pour la patrie,
    Même chancelante, meurtrie,

Ces grands jours peuvent revenir;
Qu'à la moisson naissante appartient l'avenir,
Que Dieu nous a frappés, qu'il faut, par nos prières,
Par nos mâles vertus, racheter sa bonté;
Qu'alors, s'abaisseront les nouvelles frontières,
Qu'alors, enfin, l'Alsace aura sa liberté!

Muller a réussi. J'ai visité sa classe,
Un sous-sol ténébreux, froid en toute saison;
— Le gai soleil aime peu la prison! —
L'hiver, le long des murs, la goutte d'eau se glace;
Rien que d'y pénétrer vous donne le frisson!
Il n'a que des enfants de très-humbles familles;
D'un côté, les garçons, et de l'autre, les filles.
Vous êtes stupéfait de les voir radieux,
Comme s'ils s'ébattaient à la clarté des cieux.
Mais, ce qu'il leur apprend fait si bien leurs délices,
Il parle un tel langage à ces âmes novices,
Que les meilleurs de nous ne sauraient trouver mieux.
Dès la première fois que je vis ce spectacle,
Je crus être témoin de quelque grand miracle;
J'avais, en l'écoutant, des larmes plein les yeux!
— Toi, *Frantz,* mon doux ami, toi, si joyeux naguère,

Un cavalier prussien t'a pris ton noble père;
  Il est tombé sur le même chemin,
    Et presque aux côtés de mon frère;
  Je te connais, tu vengeras ta mère;
Ne pleure pas. La France aura son lendemain!
— Toi, *Wilhem*, le Prussien brûla ta maisonnette;
    (Elle le gênait, en passant)
    Et l'on te fouetta jusqu'au sang,
Pour avoir défendu ta sœur, — la mignonnette!
    Tu ne pleuras pas, j'en convien;
  Je te sais trop loyal, trop brave, trop honnête,
    Pour pleurer devant un Prussien!
Que penserait de toi, ta sœur, une fillette,
  Qui va seule à la cave et qui n'a peur de rien?
Messieurs, lorsque la France aura pris sa revanche,
  Nous rebâtirons tous la maisonnette blanche,
    Avec son joli pigeonnier,
  Où vous grimpiez si bien autrefois le dimanche! —
  Guerre aux Prussiens! Fi! la vilaine engeance!
  Comme ils décamperont, sans se faire prier!
    Wilhem fouettera le dernier!

Or, les messieurs, à qui s'adressait la harangue,

Blonds ou bruns, nains ou géants,
Avaient de huit à quatorze ans!...
Fritz, un poupard joufflu, tirait un pan de langue,
En l'honneur des maigres uhlans!

Chut! ç'est l'heure où *Von Schlach* vient inspecter la classe!
Soudain, le bataillon au port d'arme est rangé.
L'écolier-fantassin en momie est changé;
Le plus remuant gît, immobile, à sa place!
Muller s'incline lentement;
Sa troupe simultanément
Exécute le mouvement,
Sauf Fritz petit-Poucet, qui risque une grimace.
Et l'ogre, de sa voix de basse :
Godferdum! je suis très-content.
Je vais écrire à mon gouvernement
Que votre magister mérite son diplôme.
Poussez un hurrah pour *Guillaume!*
Hurrah! répondent-ils; mais, l'ogre enfin parti,
Et son sabre à sonnette évanoui dans l'ombre,
Comme chaque regard devient farouche et sombre!
On dirait que l'enfant par la haine a grandi;
De tous ces petits cœurs, où germe l'espérance,

Il ne sort plus qu'un cri : Vive, vive la France !

Savez-vous ce qu'ont fait nos chérubins-lutteurs,
        Nos écoliers-conspirateurs,
Pour leur papa *Muller,* la veille de sa fête?
Ils ont tenu conseil, de nuit, bien en cachette,
Afin de mieux peser, discuter et choisir
Quel cadeau lui pourrait causer plus de plaisir.
        Une pipe de porcelaine
Est mise aux voix par *Frantz.* — On va l'adopter, mais ..
        (De tout s'avisa-t-on jamais?)
        Leur bourse n'est pas assez pleine!
La pipe vaut six francs! — Leur libéralité
    Doit se borner à ce qu'elle possède ;
        Le mal est ici sans remède,
Ils ont, à trente-deux, un écu bien compté!
Wilhem rumine à part un projet qui le tente ;
On le presse et, frisant une moustache... absente,
Wilhem propose net d'acheter un drapeau !
        Un petit drapeau tricolore,
        Qu'un bouquet de laurier décore,
        C'est ça, c'est ça qui sera beau!
Ils iront le planter au milieu de la classe!

En entrant, on le déploiera,
En sortant, on le cachera;
Si *Von Schlach* le découvre, il faudra qu'il trépasse!
Bravo! bravo! mais *Fritz* fait encor la grimace.

Après tout, est-il surprenant
Qu'avec sa taille on déraisonne?
Quand *Fritz* aura six pieds, il sera moins gênant...
Fritz, redressant du coup sa petite personne,
Du haut de sa grandeur, laisse tomber ces mots :
« Vous tous qui m'écoutez, vous êtes des marmots!...
» Ne pleurez pas, — je vous pardonne!...
» Sans faire au vôtre le procès,
» Moi, je veux un cadeau superbe... qui nous pose...
» Nous parlons allemand de temps en temps, pour cause...
» Que diriez-vous, Messieurs, d'une lettre... en français?
» Les filles, les garçons y mettront leur paraphe. —
» Prenons garde surtout aux fautes d'orthographe! »
Et *Fritz* fut proclamé... grand amiral, je crois,
A l'unanimité des voix!

La lettre, au même instant, en commun fut écrite.
Muller me l'a donnée à lire, manuscrite.

Je vois encor la feuille de papier,

(Pas, s'il vous plaît, du papier d'écolier,

Bon, tout au plus, pour un Prussien sinistre.)

Papa *Muller* était traité comme un ministre!

La page regorgeait de clairons, d'étendards,

De zouaves, de vieux grognards,

Et, tout là-haut, planait la déesse Bellone,

Leur tendant avec grâce une riche couronne.

Un gros tambour-major se pavanait dessous ;

La feuille de papier avait coûté vingt sous!

Le style, de leur âme était l'écho fidèle...

Attendez que je me rappelle :

« Monsieur *Muller*, pardonnez-nous. Souvent,

» Nous vous avons fait de la peine,

» Mais nous jurons dorénavant

» D'être sages toujours... et toute la semaine!

» Nous demandons au ciel que vous mouriez très-vieux.

» Dieu, comme vous, notre bon père,

» Exaucera notre prière ;

» Sans vous, papa *Muller*, serions-nous malheureux!

» Pour le Prussien, soyez tranquille :

» Nous le détestons tant, tant, tant,

» Qu'il nous sera bien difficile

» De jamais l'aimer maintenant,...

» A moins qu'il décampe pourtant!

» Vous marcherez à notre tête,

» Quand le grand jour sera venu,

» Et, si nous battons en retraite,

» Fusillez-nous, c'est convenu;

» Mais nous vous suivrons tous, sans tambour ni trompette.

» Les casques, les plumets, les sabres, les canons,

   » Qu'à la bataille nous prendrons,

   » En faisceaux nous les rangerons

» Dans le plus bel endroit de votre maisonnette;

» Nous illuminerons la cour et le carré,

   » Lorsque vous serez décoré!

» C'est *Fritz* qui nous a fait écrire cette lettre;

» Il réclame l'honneur d'aller vous la remettre.

   » Puisque Fritz vous la portera,

   » C'est comme si nous étions là.

» *Jeanne, Claire* et *Nini* ne savent pas écrire,

» (Vous ne leur avez pas encor tout enseigné)

   » Pour elles nous avons signé,

   » Avec chacun notre paraphe

   Le plus joli — *nota bene.* —

» Nous n'avons pas trouvé de fautes *d'ortographe*.

» Guerre aux Prussiens, nos odieux tyrans!

» Vos élèves reconnaissants! »

Je reviens, tout pensif, du fond de notre Alsace.

. Qu'il est lourd à porter le fardeau du vainqueur!

Mais, quoi qu'il veuille, quoi qu'il fasse,

Il n'aura que le sol, nous garderons le cœur!

Richard Wallace

A SIR RICHARD WALLACE

～～～～～

Quand les âmes les mieux trempées
Défaillaient sous le choc d'un désastre inouï;
    Quand Paris, hérissé d'épées,
Semblait la Josaphat d'un monde évanoui;
Quand l'ennemi, tendant la serre vers sa proie,
Nous jetait en défi ses hurlements de joie,
    Que ses clairons et ses tambours,

Lugubres, résonnaient jusque dans nos faubourgs,
Lui, né sous d'autres cieux, à qui l'Europe entière
    Offre à l'envi ses villas, ses palais,
        Pendant qu'ailleurs souffle la guerre,
Pour y dormir tranquille à l'abri des boulets,
S'est dit : Je resterai dans Paris qu'on assiége;
Je veux avoir ma part de son froid, de sa neige,
Comme j'avais hier ma part de ses printemps.
Assez d'hôtes ingrats et d'amis inconstants,
La lèvre humide encor des coupes de ses fêtes,
Ont déserté sa nef, à l'heure des tempêtes.
L'équipage m'est cher et cher le pavillon,
Je les suivrai traçant leur suprême sillon;
Si je ne puis moi-même aider à la manœuvre,
J'ai mon champ de bataille, où luttera mon œuvre.
Loué soit le Seigneur qui fit mes coffres pleins!
Que de vieillards transis, de veuves, d'orphelins,
        D'abandonnés de toute sorte!...
        Qu'ils viennent frapper à ma porte,
        Elle s'ouvrira jour et nuit.
        Martyrs d'Allemagne ou de France,
Égaux devant la mort, frères dans la souffrance,
L'ange de charité vers mon seuil vous conduit.

Sir Wallace Richard, baronnet d'Angleterre,
Mettant à vous servir sa gloire la plus chère,
Revendique l'honneur de panser les blessés
Et de fermer les yeux aux pauvres trépassés!

De pareils dévouements valent qu'on les rappelle.
J'en voudrais rendre ici la mémoire éternelle;
    Mais, demain, que seront ces vers?...
    Enfants, vos mères éplorées
A vos berceaux en deuil murmuraient nos revers.
Vous êtes les garants de nos dettes sacrées;
L'avenir vous sourit et nous comptons nos jours!
De notre bienfaiteur souvenez-vous toujours.
Que son nom vénéré se mêle à vos prières.
Vous savez combien d'or et de sang a coûté
Le douloureux rachat de notre liberté!...
Vous cherchez du regard nos antiques frontières!...
    Son inépuisable bonté
    Aspire à de moindres salaires.
Sir *Wallace Richard* est de ces doux vainqueurs
Qui font de leur victoire un singulier usage:
Ils forcent les vaincus à bénir leur passage
Et, pour toute rançon, se réservent les cœurs!

Mon ami Paul

A MON AMI CHARLES GOUDCHAUX.

~~~~~~~~~~~

Quorum pars parva......

Vous ne connaissez pas mon ami Paul d'Ornan?...
Non?... Permettez alors que je vous le présente :
Vingt ans, beaucoup d'esprit, du cœur à l'avenant
    Et cent mille livres de rente.

8

La guerre le surprit au fond de son jardin,
S'enivrant du parfum de sa fleur favorite,
    Comme le sultan Saladin.
Deux mois après, malgré ses goûts de sybarite,
Mon ami Paul était un artilleur fini,
Parqué, casematé dans le fort de *Rosny,*
Où l'amiral *Saisset* nous tenait en sevrage.
La besogne, le lieu, la règle, l'entourage,
    Tout pour nous était nouveau.
    Imaginez un long caveau,
    Dont notre bras touchait la voûte;
    En plein midi, l'on n'y voit goutte.
Un vieux poêle fumeux, des hamacs suspendus,
    Une cuisine... fantastique,
    Et, nuit et jour, le *tutti* des obus
    Nous berçant de sa musique!
L'on était charpentier, terrassier, bûcheron,
Par un froid!... — le trois-six gelait dans le bidon,
    (Il est vrai qu'il n'y chômait guère)
Et, pour entretenir notre flamme guerrière,
L'on nous menait camper sur le plateau d'Avron!

De nos braves marins, de leur calme stoïque,

Je ne vous dirai rien, — vous savez tous cela, —
Pas un qui n'ait conquis sa couronne civique :
Que devenait Paris, s'ils n'avaient été là!...
    Ils appartiennent à l'histoire.
    Paris, sois-leur reconnaissant,
      Leur gloire est liée à ta gloire;
      Que ton cœur garde leur mémoire,
Comme tes bastions, la trace de leur sang!

Quand je songe à celui, dont l'incroyable audace
S'avisa de vouloir rehisser à sa place
Le pavillon du fort, récemment abattu
Par les pointeurs prussiens, j'en reste confondu.
Les boulets lui faisaient une sombre auréole;
Épouvantés, d'en bas, nous le suivions de l'œil...
      Je jure ma parole
Qu'il était sur son pic, comme sur un fauteuil...
    Et, plus tard, il fallait l'entendre
    Nous dire, le verre à la main :
    « Je recommencerais demain;
» Monter n'est rien, Messieurs; le tout est de descendre! »

Étudiants, rapins, faubouriens, boutiquiers,

Pour eux, nous étions tous banquiers;
Si nous touchions nos trente sous de paie,
C'était uniquement affaire de monnaie.
Nous devions tous avoir des fermes, des châteaux,
Des caves pleines de bordeaux,
Peut-être aussi quelques bouteilles
D'absinthe, de rhum, de Cognac,
Qu'ils comptaient bien, un jour, déguster sous nos treilles,
En savourant leur pipe de tabac.
Pour eux, mon ami Paul exploitait une mine. —
Les nababs de Madras et de Chandernagor
N'étaient rien auprès d'un milord
Qui payait d'un louis d'or
Le régal d'une sardine!
Lorsque nous quittâmes le fort,
L'armistice signé, la paix enfin venue,
Nous revoir à Paris fut chose convenue.

Un beau matin, trois de ces loups de mer
M'arrivent impromptu. — J'allais me mettre à table;
Je leur fais les honneurs de mon humble couvert. —
Ils veulent embrasser ma fillette au dessert;
Mais la sauvageonne intraitable

Trouvait leurs mentons trop barbus.
Je lui vantai si bien leur grâce inimitable
Que les baisers donnés furent gaiement rendus.

Le lendemain, trois nouveaux hôtes
Succédèrent aux trois premiers. —
Même accueil de ma part, mêmes toasts patriotes,
Mêmes baisers hospitaliers.
J'en reçus ainsi jusqu'à trente!
Je n'avais pas, hélas! le coffre-fort
De mon ami Paul, le milord,
Aux cent mille livres de rente.
Mon tonneau mal lesté sur chantier louvoyait!...
En cherchant à savoir la cause peu commune
Qui valait à moi seul l'heur de cette fortune,
J'appris que c'était Paul qui me les envoyait;
A mes dépens, il s'égayait. —
Le corsaire avec eux était d'intelligence;
De là, tout mon plan de vengeance.

Ses complices naïfs, presque autant que bavards,
Étaient campés au Champ de Mars.
A mon tour, je leur rends visite;

Je leur dis que Paul les invite
Tous les trente à dîner, chez lui, dans son hôtel ;
Et je leur fais prêter le serment solennel
Qu'ils n'y manqueront pas, sous peine de déplaire
A l'illustre Vatel de ce millionnaire.
Je vous laisse à penser si le serment prêté
Le fut à l'unanimité!...

Au jour dit, heure militaire,
Nos trente gars, rasés de frais,
Cirés, vernis, pimpants, battant de l'aile,
Comme une accorte balancelle
Qui va se trémoussant sous ses jolis agrès,
Gravissent le perron avec moins de courage
Qu'ils ne montent à l'abordage. —
Précisément,
En ce moment,
Paul et moi, nous riions de son bon tour de page.
Voilà que tout à coup, le gothique escalier
S'ébranle sous le choc de leur pas régulier.
Le concierge ébahi croyait à quelque drame,
A ce que m'a depuis conté sa dame.
Je les avais priés de sonner bruyamment.

Drelin! drelin! drelin! Paul, furieux, tressaute;
  Je vais ouvrir, et, galamment,
  J'annonce *mamzelle la Flotte!*...
Paul comprend : « Bien joué! Je suis mat, pour le coup.
» Allons, Messieurs, allons banqueter n'importe où. »
Inutile. J'avais commandé, dès la veille,
  Trente poulets, trente canards,
  Trente dindons, trente homards;
  Un pâté monstre était une merveille.
Il recélait dans ses flancs étoffés
Un jambon, six lapins, douze perdreaux truffés,
  Une centaine de mauviettes!
Des flots de vins exquis arrosèrent ces plats.
A force de parler tempête, branle-bas,
Fièvre jaune, requins, tigres, serpents boas,
Il fut bu la valeur de deux ou trois feuillettes,
  Et nous ouïmes des chansons,
  Aux rimes par trop guillerettes;
  Mais dans un dîner de garçons...

  Ce que leur soif miraculeuse
Nous promit de cadeaux pour la prochaine fois
Qu'ils viendraient déjeuner, sans façon, trente-trois,

Ou trente-six, à notre choix,
Défraierait une liste au moins fort curieuse.
Grand amateur de bibelot,
J'aurais, pour ma part, un magot
Japonais ou chinois, flanqué d'une poularde
Engraissée au pays manceau.
Paul, un collier de saphirs. — Au Congo,
Le saphir est commun, personne n'y regarde. —
Ma fillette aime les oiseaux,
On lui réserve une perruche,
Qui sait les airs les plus nouveaux;
On y joindra des œufs d'autruche,
Non pas de ceux que l'on vend à Paris,
— Les œufs en question sont des œufs hors de prix. —
Enfin, le concierge lui-même
Daignerait agréer pour sa jeune moitié
L'éventail et le diadème
D'une reine de l'Inde, en signe d'amitié.

Minuit sonnant trouva les coupes encor pleines.
Nos adieux furent déchirants;
Jamais, dans leurs courses lointaines,
Ils n'avaient jeté l'ancre en de tels restaurants!

Que Paul équipe un vrai vaisseau de guerre,

Une barque… n'importe quoi,

Ils feront, en chantant, tout le tour de la terre;

Avant huit jours, Paul sera roi,

Empereur, s'il le veut, d'un désert admirable,

Qu'ensemble ils iront découvrir :

Pour ce banquier incomparable,

Ils sont prêts à vaincre ou mourir!

Quel malheur qu'il faille qu'on parte!…

Mais les amis sont les amis,

Et ce n'est que plaisir remis;

Ce jour-là, l'équipage entier paiera la carte!

Paul sera traité mieux encor :

Trente services à la ronde,

Tous les nectars connus du monde,

Tous les poissons des mers du Nord!…

Et des crèmes à la vanille,

Et des figues de Singapour,

Et des piments de la Castille,

A mettre le feu dans un four!

La danse sera de la fête;

Paul ouvrira le bal avec la sous-préfète,

Au son de tous les instruments,

Depuis le fifre et la trompette,

Jusqu'au tonnerre des Birmans!

Le matin, pour se reconnaître,

L'on... soupera dans un palais.

Et l'on jettera les valets

Et la maison, par la fenêtre!...

L'on aura la chance... peut-être,

D'aller coucher au poste après!

Où sont-ils à présent, ces convives d'une heure,

Que l'Océan jaloux reprit,

Au sortir de notre demeure?

Sur quels bords étrangers fleurit

Leur intrépide insouciance,

Leur royale munificence?

Ont-ils toujours bon appétit?

Boivent-ils toujours à la France?

Ma fillette voudrait avoir

Sa perruche,

Ses œufs d'autruche;

Quand débarqueront-ils, qu'on puisse enfin les voir!...

Le vent contraire les attarde...

Il faut donc bien longtemps pour venir du Congo?

Paul désespère. — Moi, je crois à mon cadeau ;
Mais je n'ai pas encor reçu mon gros magot...
  Et j'attends toujours ma poularde!

Les Bottes du Lieutenant

A MON AMI ALFRED ROLL.

~~~~~~~~~~

Nous étions à Saint-Denis,
Trois cents mobiles réunis
Du département de la Seine.
Malgré l'hiver, le siége et la prison du fort,
Dans une cantine malsaine,
Entre amis l'on riait encor,

Pendant que là, près de nous, dans la plaine,
Des canons attendaient les ordres de la mort.
    Mais la jeunesse s'émeut-elle
    Des lâches embûches du sort?
    La jeunesse... elle est éternelle...
Nous n'avons de la coupe effleuré que le bord.
    Cette guerre est très-amusante...
    L'on est mal couchés, mal nourris...
    La cantinière a trop de cheveux gris...
Mais la tenue est bien. — Drap fin, coupe élégante...
L'on est à l'âge heureux où tout sourit, tout chante.
L'on peut avoir la croix et l'on défend Paris!

Nous formions dans ce trou le plus gai pêle-mêle!...
    Le simple *moblot*, l'officier,
    Jeûnaient à la même gamelle,
    Grelottaient au même foyer.
Un rimeur endiablé nous faisait la *popotte*.
    Je ne sais trop si ses vers étaient lus,
    Mais je doute que Lucullus
    L'eût chargé d'une gibelotte.
    L'abominable praticien!
Il avait des façons d'accommoder les sauces!...

Révérence parler (c'était un pharmacien).

    Nous ne tenions plus dans nos chausses !

Certain dimanche, au lieu d'un morceau de cheval,

    — On préludait au carnaval !... —

Que pêche-t-il pour nous, au fond de sa marmite ?

    Une giberne !... une giberne cuite !...

        Avec cartouches à l'appui !...

        J'en frissonne encore aujourd'hui !

Le *tolle* fut complet : C'est assez ! qu'on le casse !

Il nous régalera demain d'un vieux caisson !

Sans s'émouvoir, le drôle entonne une chanson

    Sur... *la giberne qu'on fricasse !*...

    C'était gentil, drôlet, cocasse,

Rimé très-congrûment, de classique façon,

Mars et Phébus plaidaient pour leur cher nourrisson ;

Il nous empoisonnait, mais... un si bon garçon...

    Nous lui conservâmes sa place.

Un futur avocat soutenait plaisamment

Que les Prussiens n'étaient qu'un rêve de la presse,

    Un racontar de journal en détresse ;

A l'en croire, Paris nageait dans l'allégresse,

Et voici le plus clair de son raisonnement :
« J'ai l'œil du lynx, je vois à cent pas un atome,
» A cinq cents une mouche, à cinq cent mille un homme ! »
(Quoiqu'il se dit natif du faubourg Saint-Marceau,
    Rien qu'à sa verve fanfaronne,
    L'on sentait que ce... d'Aguesseau
Avait dû prendre un bain ou deux dans la Garonne) :
« Afin de voir plus loin, j'arbore un pince-né,
    » Coquettement enrubané,
    » Je choisis, pour observatoire,
» Ce peuplier géant perdu dans la nuit noire...
» Du point le plus aigu, je scrute l'horizon,
» Et, ce que je découvre, *épate* ma raison ! »

    Sur ce vocable, qui le blesse,
Le barde-cuisinier s'éloigne avec noblesse.
    Démosthène sourit
    Et poursuit :

» Je découvre, — ceci va vous sembler étrange, —
» Je découvre, — à travers un rideau de brouillards, —
» Une noce !... fêtant le dieu de la vendange !...
» D'un côté, des canons... de l'autre, des canards.

» Quel tableau pour un Michel-Ange!

» Les époux échangeaient d'extatiques regards...

» Comme à cette noce l'on mange!

» Le fumet des rôtis dérivait jusqu'à moi,

» Et je crevais de faim! — J'aurais brouté, je croi,

» La couronne de fleur d'orange!...

» Par respect pour la cour, je conclus en deux mots :

» J'ai vu des bois, des prés, des vallons, des coteaux,

» Des bergères menant paître leurs blancs troupeaux;

» Mais, nulle part, bouches ni portes closes;

» J'ai vu des papillons, des abeilles, des roses

» Et des ânes, Messieurs, moins savants que mon chien...

» Je n'ai pas encor vu la... tête d'un Prussien! »

Il nous improvisait bien d'autres gasconnades!...

D'un accent tellement empreint de vérité,

Que lui-même croyait à sa sincérité.

Et, quand nous lui disions : Ces tristes fusillades,

Les prends-tu pour des aubades,

Et ces affûts béants te semblent-ils des nids?

Il roulait une cigarette

Et répliquait : Naïfs conscrits,

Que parlez-vous de poudre, à propos d'alouette?

D'affûts béants, à propos de perdrix?
Ce ne sont que bourgeois chassant la grosse bête
Dans les fourrés de Saint-Denis!

Ce soir-là, contre l'ordinaire,
Un seul de nous n'écoutait guère.
Pauvre *Jacquet!* un garçon confiseur,
Promu, sur sa demande, au grade de... brosseur!...
Le mien, Janot pur sang, mâtiné de Jocrisse;
Lièvre pour la valeur, pour l'audace, écrevisse!...
Les pâtes, les onguents et les sirops visqueux
Étouffèrent dans l'œuf ses instincts belliqueux!

Notre hâbleur, aux joyeux dithyrambes,
Ne l'intéressait pas. *Jacquet* lorgnait mes jambes.
— Que regardes-tu là? — Vos bottes, lieutenant. —
— Il est vrai qu'elles ont un lustre surprenant. —
Mauvais soldat! c'est là que brille ton courage;
Tu te mires dans ton ouvrage? —
— Oui, j'en ai l'œil tout rayonnant.
Sont-elles fortes et jolies!
Dans mon temps, j'ai fait des folies,
Moi... pour des escarpins, quand j'étais amoureux.

Ne le soyez jamais. — L'on est trop malheureux!

Croyez-moi! — Sur mon dos, j'ai porté bien des hottes,

Pour mon ancien patron... qu'on a nommé sergent,

Je ne sais pas pourquoi. — C'est un maître exigeant —

Et j'ai gagné chez lui beaucoup... beaucoup d'argent.

    Jamais assez pour m'acheter des bottes!...

Si vous étiez tué, ça n'arrivera pas,

Mais ça peut arriver, surtout à des soldats;

Nous sommes faits pour ça, m'a dit le capitaine...

Il en manque pas mal... au moins une trentaine!...

    Donnez-les-moi, mon lieutenant...

Vous me connaissez bien, je suis un homme honnête...

Je vous *étrillerai*... gratis... mieux qu'un parent...

    Donnez-les-moi, sur votre testament;

      Vos bottes m'iront comme un gant...

Quel plaisir vous ferez à ma chère Antoinette!

Et je les lui promis, pour m'en débarrasser;

    Ne voulait-il pas m'embrasser?

Depuis, l'œil sur son lot, *Jacquet* devint mon *ombre*.

    Du jour levant à la nuit sombre,

Il me suivait partout, il était toujours là;

Le trembleur se posait en Mucius Scævola!
Déjà le général sur lui prenait des notes...
Ce qu'enfante l'amour d'une paire de bottes!

C'est moi, c'est moi qui, peu de temps après,
Fus forcé de quitter mon *ombre* dans la plaine!
Nous rentrâmes au fort... à quelques hommes près,
Les autres avec eux emportaient mes regrets;
Mais lui, par-dessus tout, me faisait de la peine.
Je me rappelais bien où nous l'avions laissé :
Sur la neige, au tournant d'une butte fatale...
    C'était à moi que revenait la balle!
    Était-il mort?... n'était-il que blessé?...
J'aurais dû le savoir, mais, au feu, les plus braves
De leur propre salut deviennent les esclaves!
Pour concevoir qu'un cœur demeure ainsi glacé
Par cette horrible épreuve il faut avoir passé!
Pauvre Janot! toujours content, jamais maussade...
Il sortait, — c'est son mot — de dessous les pavés.
Sa mère l'avait mis chez les enfants-trouvés!...
Nous avions applaudi sa dernière boutade,
    A propos de je ne sais quoi...
    Avec lui, j'avais soif, avec lui, j'avais froid...

Je l'entendais râler, dans son mortel effroi :
« Je vous soignerais bien, si vous étiez malade !...
» Par ici, lieutenant ! — Pitié !... pitié de moi !... »

— Allons chercher *Jacquet,* dis-je à mon camarade.
— Cette nuit ? mais il pleut des grêles de boulets.
— Raison de plus, poltron ! — Ça va. — Quelle *tocade !* —
Et nous voilà partis à plat ventre, muets,
Naufragés demandant une épave à la grève !

Il n'avait pas bougé ! Morne, je regardais ;
    Mon camarade le soulève.
Lui, calme, souriant, comme après un bon rêve :
    « Lieutenant, je vous attendais ! »

Ma parole d'honneur ! je pleurais comme un âne !
Lorsqu'il fut dans mon lit, jusqu'à son dernier jour,
    Je devins son *ombre* à mon tour ;
J'aidais à le panser... je faisais sa tisane. —
Je l'embrassais... souvent. — Enfin... ne riez pas !...
Son regard me semblait implorer une grâce. —
Je compris ! — A ses pieds, je plaçai, bien de face,
Ce qui, même avant moi, le charmait ici-bas. —

Non, rien de plus navrant que ses mines falotes!...
Il touchait... il touchait à l'objet de ses vœux!...
En étendant vers lui ses pauvres mains pâlotes,
    Il s'éteignit, presque joyeux,
   Et, sur ces mots, je lui fermai les yeux :
« Merci, mon lieutenant!... adieu, mes belles bottes! »

L'Invalide et son Petit-Fils

A MON AMI LOCKROY.

~~~~~~~~~~

Je ne suis pas content... Je suis très-malheureux.
On ne le dirait pas, à ma mine tranquille.
Il est vrai que ce vin, d'un coteau généreux,
M'aide à me consoler et me calme la bile.
 Mon vieil ami, sans toi, je serais mort,
  Et, depuis longtemps, je le jure;

Si je traîne ma guêtre encor,
C'est pour ne pas te faire injure.

Et dire que ce polisson
Est, après tout, de la famille !
Heureusement, ce n'est pas mon garçon...
(Le ciel à ma valeur n'accorda qu'une fille)
Mon *fillot* seulement. — C'est déjà bien assez. —

Tout bambin, son œil vif, ses cheveux hérissés,
Son adresse, sa force au-dessus de son âge,
Sa pétulance, son courage,
N'annonçaient que trop bien ce qu'il serait un jour.
Le petit misérable ! — Il était fait au tour. —
Rien qu'à le voir trotter à cheval, sur sa chaise,
Je prenais le galop ! — Peuth ! la belle fichaise !
Cela n'empêchait pas que, d'affront en affront,
Ce monsieur ne revint avec sa bosse au front,
Le nez égratigné, la figure en compote,
Sans souliers, sans mouchoir, quelquefois sans culotte ! —
J'aurais dû l'étrangler, mais, je ne sais pourquoi,
Je pardonnais toujours. — C'était plus fort que moi !
A dix ans, il savait écrire :

Il lisait couramment, même dans l'*imprimé!*...
(Je suis enfant de troupe et n'ai jamais su lire. —
La nature pour ça ne m'avait pas formé!)
    Je... versais dans sa tirelire,
    Lorsqu'il déchiffrait mon journal,
    Au premier *fla* de la diane. —
    — J'ai toujours été matinal. —
    Je lui prêtais ma grosse canne
    Pour jouer au tambour-major,
    Et nous étions assez d'accord.
    Tous les ans, le jour de ma fête,
    Le gamin, frais comme un soleil,
    Se tenait, guettant mon réveil,
    A genoux, près de ma couchette.
J'avais l'air de dormir, mais je le sentais là...
— Comment! c'est toi, *fillot!* — Tous mes souhaits, papa.
— Merci, qui t'a donné cette belle casquette,
    Et le grand sabre que voilà?
      — Hier, maman me les acheta,
    Pour vous faire honneur. — Bien cela! —
Puis, l'espiègle tirait du fond de sa *poquette*
Un foulard, du tabac, des chaussons, des biscuits,
    Et la goutte dont je raffole,

Histoire d'oublier mes chagrins, mes ennuis!...
　　Autant que moi, la mère en était folle. —
　　C'était alors le bon temps, mais depuis!...

Dans le *trente-deuxième*, il débute au service.
Il me savait coiffé de mon vieux régiment;
Je n'aurais pas souffert que, par quelque caprice,
Il allât s'enrôler ailleurs, non!... — Franchement,
　　　Il fit son paquet proprement;
　　　Faut lui rendre cette justice. —
　　Là-bas, jamais de salle de police;
　　　Tous les huit jours, il écrivait.
　　　Quand le... griffonnage arrivait,
　　La mère et moi, nous faisions des folies.
Le drôle a de l'esprit, de charmantes saillies...
A cause des bouquins qu'il a lus et relus...
Parbleu, tout mon portrait... et l'écriture en plus!

　　Six mois après, pour sa bonne conduite,
　　　Son colonel le nomme caporal!
Ce fut le premier coup!... le premier... de la suite.
　　Je me remis sur pied tant bien que mal.
Avoir compté trente ans parmi les plus solides,

Sans un jour d'hôpital! Trente ans bien pleins, bien ronds!
Et prendre sa retraite, avec ses trois chevrons,
    Simple soldat, aux Invalides,
Pendant que ce conscrit, ce morveux, ce brigand!...
Six mois après, monsieur m'écrit qu'il est sergent!
    Je ne réponds pas à sa lettre;
    Qu'il se pique, s'il veut, ma foi!
    L'on n'est pas son cadet peut-être.
Ma fille barbouilla quelque chose pour moi;
    Mais je n'eus garde de paraître.
    Pas si... *tourlourou!*... seulement,
Je le dis aux anciens, le soir, à la chambrée...
Ça me coûta beaucoup. — J'avais l'âme navrée...
    Ils me firent tous compliment!
Imbéciles!... enfin!... — Il part en Italie.
Sa mère, qui l'aimait encore à la folie,
    Pour ce joli monsieur tremblait.
    Moi, du tout, du tout, ça m'allait...
    J'en avais presque de la joie.
J'ai vu le feu, morbleu! qu'à son tour, il le voie!...
    Il n'est plus temps de rire, mon fiston,
De friser sa moustache et de donner le ton
    Aux mirliflors de Courbevoie!

Il reçoit un éclat d'obus à *Palestro!*...

    Ah! cette fois, en vérité, c'est trop! —

J'ai trente ans de service et pas une blessure!

J'allais boucler mon sac, lorsqu'un mot nous rassure.

    Le scélérat! le gredin! le veinard! —

Après avoir percé la main de part en part,

L'éclat d'obus sur le mollet ricoche...

Dans le gras!... Il le met poliment dans sa poche...

Comment a-t-il écrit? — Nous l'avons su plus tard. —

Vous ne devineriez jamais. — De la main gauche!...

Tout autre eût planté là son métier d'écrivain,

Lui, pas. Ah! par exemple, il baptise son vin.

    — Ceci soit dit sans nul reproche. —

Je n'en entendais plus que rarement parler;

Il avait eu là-bas de quoi se consoler.

    L'Italie est une coquette,

Si j'en crois les propos qu'on tient à la guinguette.

Le pays, paraît-il, est fort divertissant.

    Je n'en sais rien, je le répète,

Je n'ai vu que la Prusse et l'Égypte, en passant...

Il m'arrive, un dimanche, avec une épaulette!...

De honte et de douleur je deviens presque fou;

Je saute sur mon coupe-chou!...
— Aligne-toi, malin, je suis ton homme;
— Tiens! papa veut faire joujou?
— Joujou! Pare la pointe ou du plat je t'assomme! —
L'insolent prend ma canne et s'aligne en riant.
Sans pitié, je lui porte un coup droit effrayant!...
Il me désarme avec aisance.
— Ils vous ont à présent des fouettés... des doublés...
Et puis, c'était le jour de sa naissance;
Le matin, j'avais bu plus que ma suffisance;
J'avais les nerfs un tantinet troublés. —
Le plus triste pour moi, dans cette circonstance,
C'est que je fus forcé de lui tendre la main.
C'est l'usage sur le terrain;
Et j'y mis, je l'avoue, un brin de complaisance,
Quoique cela répugnât à mon cœur.
L'on est flatté parfois de trouver son vainqueur!
Si je l'avais tué, que m'aurait dit sa mère?
Je l'aurais regretté, car il est de mon sang,
Très-brave, très-loyal et très-reconnaissant,
Campé comme pas un, sous l'habit militaire!...
Sous-lieutenant... la belle affaire!...
Sa blessure plaide pour lui...

Avec le peu qu'il sait, je serais aujourd'hui
Colonel, général ou peut-être... notaire!...
    Hier, à l'oreille il m'a glissé, je crois,
      Qu'on allait lui donner la croix!
La fleur des champs, c'est bon pour cette boutonnière!...
     A la sienne, ça fera bien...
     Moi, je n'ai plus besoin de rien.
     Je suis une vieille cartouche,
Pour la chasse aux pierrots! Veut-il pas que je touche,
Prétendant, jusqu'au bout, me railler, m'offenser,
    La pension de la croix à sa place?
Garde-là, *mange-tout!* Que veux-tu que j'en fasse?
    J'ai mon comptant, je saurai m'en passer.
C'est égal, c'est gentil pour un gueux de ma race...
A l'école, il était le premier de sa classe;
Au régiment, partout, il devait avancer...
Il faut que je le tue!... ou bien... que je l'embrasse!...
    S'il allait faire la grimace...
Il est capable encor de vouloir me froisser...
Tant pis pour lui! Je cours. Bah! je cours... l'embrasser!

FIN.

TABLE

144 TABLE.

FIN DE LA TABLE.

PARIS — TYPOGRAPHIE DE J. BEST,
rue des Missions, 15.